となりのヨンヒさん

チョン・ソヨン

吉川凪＝訳

集英社

となりのヨンヒさん

目次

第一部

となりのヨンヒさん

デザート

0

「今度は何？」

私はカップを置きながら、さりげなく尋ねた。

「何って？」

Kはしらを切ってカップを持ち上げた。私は黙って彼女の左手の薬指を指差した。見るからに新品のプラチナの指輪に、私の眼がゆがんで映った。

「ああ、アイスクリームよ」

「そう。この間のヨウカンはどうするの。わりと長続きしてるみたいだったのに」

「ずっと一緒にいると甘すぎる」

「ふーむ、もう七人目でしょ。甘いのはみんな同じじゃないの？」

私はいやみに響かないよう気をつけて言い、視線を窓の外に向けた。三階にあるカフェのガラス越しに見える街は、あらゆる騒音が入り交じっている店内より静かに見えた。Kはさりげなく答えた。

「かもね」

1

彼女はデザートと交際している。

初めてKに彼氏ができた時、冗談交じりに、あたしを捨てて誰に会ってるのと聞くと、彼女はこのうえもなく真剣な表情で答えた。チーズケーキだと。実際に紹介された彼氏は大学でKと同じ学科に通う同級生で、こざっぱりとした真面目そうな人だった。

「チーズケーキさん？」

「え？」

「ああ、どんな人かとKに聞いたら、すぐにチーズケーキだと答えたんですよ。あだ名だと思ってました」

「ケーキは好きじゃないんだけど」

彼は思い当たるふしがないと言って首をかしげた。私はまごつきながら、お世辞にも返事にもならないことを言ってごまかした。

「Kはチーズケーキが好きなんです」

数日後に会ったKは、やっと聞こえるぐらいの小さな声で、バスがなかなか来ないねと言うみたいにつぶやいた。

「あたしチーズケーキ嫌い」

2

数ある食べ物の中で、どうしてよりによってデザートにたとえるのか尋ねた。いつも必ずデザートを食べるわけでもないのに。**チーズケーキ、パフェ、デザートワイン。**何度もそんなことを繰り返して、幼稚だと思わない？　レモンシャーベットと別れたと言ってぼんやりしていたKは、私の質問に泣きそうな顔で答えた。たとえじゃない。本当にチーズケーキやパフェやデザートワインだったの。シャーベットは大丈夫だと思ったんだけど。溶けてしまえば、べたべたするただの砂糖水だった。

高校で二年、大学で二年。まる四年間つきあってきたKが変だと気づいたのは、その時だった。冗談だと思って聞き流していたささいなことが、記憶の地表を突き破って一気に噴出した。にわか雨が降ると教室の窓を開け、手に受けた雨水をなめて「今日はオレンジジュースだ」とつぶやいていた姿。出来の悪いロマンチックコメディー映画を見た帰り、「映画の中で主人公たちが食事をしたのは、全部で三回にも満たない」と言っていたこと。その前の夏は、季節が終わるまで二番目の彼氏の腕を放そうとせず、パフェは冷たくていいと何度も繰り返していた。

病院に行ったのかと聞きたかった。いったい何を見ているのかと、肩をつかんで揺さぶりたかった。心理学概論の授業で聞きかじった知識によれば、あなたはロマンチックな恋愛に対する欲求を異常な行動で表わしているのだと言って、一つ一つ問い詰めて検討したかった。しかし私は、最も気になったことすら聞けないでいた。

3

チーズケーキ、パフェ、デザートワイン、レモンシャーベット、プリン。「あの子の彼氏、かわいかったよ」が「また別れたんだって?」に変わり、いつしか誰もKの彼氏のことを話題にしなくなっていた。私は十六年間くっつけていた〈学生〉というレッテルをはがし、Kと同じ授業に出て一杯のラーメンを分かち合いながらレポートを書いていた日々を、二人で真夜中の冷たい空気に当たって制服の襟をかき合わせていた遠い昔と一緒に埋めた。卒業式に来たプリンの薬指に、細いカップルリングが光っていた。私は不安と興奮に満ちた学部卒業生を装いながら挨拶し、互いに祝福の言葉を述べ合った後、Kとプリンの記念写真を撮ってやった。印画された写真を見ると、プリンが誇らしげにKの肩にかけていた左手が、切れて写っていなかった。記念写真なのにごめんと謝ると、Kは左手を振りながら言った。いいの。写真なんて、どうせ本物じゃないんだから。いつの間にか薬指の指輪がなくなっていた。

4

チーズケーキ、パフェ、デザートワイン、レモンシャーベット、プリン、ヨウカン、アイスクリーム。私はせっかくはがしたレッテルをまたくっつけて大学院に入った。Kはどこかに就職したという。会うのは週に一度、ひと月に一度、三カ月に一度になった。久しぶりに会ったKはすぐ、アイスクリームからプレゼントされたプラチナの指輪をはめた指を、真剣な表情で持ち上げて見せた。新品当時の鋭い輝きを失った指輪は、二十七歳の社会人女性によく似合っていた。

「結婚するかもしれない」

手に持っていたフォークを、二人とも手をつけていなかったチーズケーキに何げなく突き刺した。

「そうなの」

「うん。彼は三十二だから、ご両親もそれとなく探りを入れてるみたい。あたしも、まあ……」

フォークを持った手が震えた。視野も振動した。四角い椅子の角が折りたたまれた。テーブルが縮んで真四角の箱になり、スピーカーがレーズンみたいにしぼんで壁にくっついた。Kの背後のテーブル席に座っていた二人の女の子がアップルパイとビスケットになった。巨大な金魚鉢にフルーツポンチがぷかぷか漂った。私は初めて両眼を開けて世の中を見た。音を立てて窓ガラスにぶつかる雨。窓を開けなくてもコーラだとわかった。チーズケーキが丁寧に収められた大きなケーキ箱、壁いちめんを覆ったレーズンクッキー、少し前まで私が座っていたチェリータルト。

私は前に立ったチョコレートの手を握った。その手からそっと指輪をはずしてやりながら尋ねた。

「あたしは何?」

Kは甘いチョコレートの香りを漂わせて微笑した。

「ロールクレープ」

囲碁において最も重要なのは着手（原注：石を碁盤の上に置くこと）だ。地《じ》（訳注：石で囲んで占有した陣地）を計算して勝負を決定することの方が大事ではないかと言う人もいるけれど、囲碁の勝負は偶然につくのではなく過程から導き出される論理的帰結に過ぎないのだから、計算を楽にするためにあれこれ石を動かして作った四角形には、実は何の意味もない。着手も、ただ何となく石を置くだけではいけない。床に落ちた紙を拾って置くように置かなければ、その良さはちゃんと味わえない。すべすべした石を人差し指と中指に挟み、ぱちんと音を立てて置く瞬間、盤上は宇宙と化し、世の中を支える黒い線に従って新たな振動が伝わる。

碁盤のうちでも最も高級なのは榧《かや》の木で作った碁盤だ。榧の木は軟らかくて弾力があり、石を置く瞬間の圧力でわずかにへこむ感じがたまらないのだそうだ。一瞬の振動を吸収して元に戻る芸当を、何年経っても変わらずやってのける。榧の碁盤のうちでも最高級品は、自然に細い割れが入った木で作ったものだ。なにしろ復元力が強いから、割れた木を斬ってうまく保管しておけばその傷が癒えて細いひびだけが残るが、これが高級な榧の碁盤であるという証拠になり、値段が数倍に跳ね上がる。

母がまさにそのひびの入った棋の碁盤を買ったのは、私が二十九歳の時だ。ぎりぎりの生活をしているのにどうやってそんな大金をつくったのか、母は病院で治療を受けて帰宅した私の前に、それまで使っていた合板の折りたたみ式碁盤とは比べものにならないつやつやした碁盤と、油を塗ったプラスチックみたいに光る貝の碁石を出した。半身不随のまま生涯暮らさなければならない娘を哀れに思って買ったにしてはとてつもなく高価な碁盤を前に、私はしばし言葉を失った。母は食卓を兼ねた机の上に碁盤を載せ、薬品で荒れた手で碁石をつかむと小目《こもく》（原注：三の四、あるいは四の三地点。井目《せいもく》〈碁盤に記された九つの黒点〉から上または横に一つ行った所）にばちっと音を立てて置いた。碁盤が軽くへこんだ。

「今日からはあたしが黒を持つ」（原注：囲碁では弱い方が黒、強い方が白い碁石を持つ。黒を持つ人は先手を打つため有利になる）

私は母と碁盤、そして宇宙の真ん中で危なっかしく震えている黒石を交互に見て、碁笥《ごけ》（訳注：碁石を入れる丸い器）に手を入れた。冷たい貝が、まだ生きているみたいに指の間にくっついた。ばちん、左上隅《ひだりうえすみ》の井目。

＊

私はいつも宇宙を夢見ていた。

宇宙飛行士でも地質学者でも天文学者でもよかった。私が行きたいのは、あの、地球の外のどこかだった。お金で買えるなら貯金しよう。身体で済むなら体力を養おう。権力で手に入るものなら出世しよう。地球を出るんだ。宇宙を見るんだ。まだ十歳にしかならない少女の頭の片隅にそんな強烈な欲望が育っていることなど、誰も気づかなかった。

保険会社に勤めていた父がスピード違反の車に追突されてあっけなく世を去ると、生物学専攻だった母は、大企業の傘下にある遺伝子工学研究室に就職した。ショウジョウバエの入ったビーカーに化学薬品を入れ、放射線を当て、遺伝子操作された餌を与える仕事だった。そうして生まれた、羽がなかったり、眼がねじれていたり、脚が四本しかなかったりするショウジョウバエが何に使われるのかは、母の知るところではなかった。母が一日中小さな生命がもがいているビーカーを観察してきた日の夜、私たちは買って十年以上にはなりそうな折り碁盤を置いて向かい合った。母の眼のふちに疲労が溜《た》まっている時も、私がテスト前でも、碁盤は必ず開かれた。

——碁盤が、すなわち宇宙なのよ。

科学雑誌の華やかなグラビア、学校の図書館で借りたSF小説、月面有人基地建設計画の樹立過程が収められた動画を見たくてぶつぶつ言う私に、母が言った。

――集中しなければ、囲碁も人生もうまくいかない。傲慢になれば道に迷う。碁盤が、すなわち宇宙なのよ。

母は月に有人基地ができようが、火星に有人探査船が行こうが、小さな国の子供が夢見ることではないなどとは、一度も言わなかった。夢を見たい盛りの年頃である娘に言いそうな、あなたなら絶対にできるなどというありきたりの台詞も、一度も口にしたことがない。私が小さな部屋の壁いっぱいに星団や恒星系の写真を貼りつける時も、週末の夜遅く、音質の良くないESA（欧州宇宙機関）のマイケル・マッケイ（原注：ESAの火星探査責任者）のインタビュー動画を何度も見返しながら辞書を引いていても、科学英才センターの願書についた保護者同意書を見せても、その試験に落ちて、泣き腫らした眼でベッドの枕元に貼った大きな火星のポスターを引き裂いても、母はとがめなかった。

――宇宙流（原注：実利中心であった従来の囲碁とは違い、碁盤の中央を攻略する、直線的で戦闘的な形の戦術。一九八〇年代の囲碁界にセンセーションを巻き起こした）を中途半端にまねして隅を捨てるのは、馬鹿なやり方だ。守るべきものは守らなければ宙で死ぬ。

私が十七になった年、ESAとNASAは協力して月面基地建設を始めた。長期居住可能な施設に必要な予算が確保できなくて足踏みしていた計画が修正され、居住施設は後回しにして、鉱物を採取し安い費用で運搬する施設を先に造ることになるや、事業は急速に進みだした。当初、独自に有人宇宙船を造ると言っていた中国は、場所と人材を提供して利潤を分けてもらうことにした。二十年計画だった。多国籍企業のロゴを大きく刻みつけた宇宙船が次々と打ち上げられた。ベースキャンプを造り鉱山の位置を決定する最初のチームは男性二十名、女性十七名だった。別の言い方をすればアメリカ人十名、ヨーロッパ人十二名、中国人と日本人が十四名、インド人一名。また別の言い方をすればネグロイド八名、モンゴロイド十五名、コーカソイド十四名。そしてその約半数が学士レベル以上の鉱物学専攻者だった。

私は最初のチームの宇宙船三隻が発射される動画を、飽きるほど繰り返して見た。期末テストが終わる頃、すべて無事に月に到着して研究を始めたというニュースが流れた。私は、荒涼とした宇宙とその真ん中に浮かんだ地球をバックにして撮った記念写真や、浅薄なテレビの特番を見た。『ネイチャー』誌に掲載された、宇宙飛行士たちのこまごまとした生物学研究結果を一つ残らず読み漁《あさ》った。独学で覚えたフランス語と英語、中国語は日常会話には不足だったけれど、論文を読んで理解するのには十分だった。それぐらいできれば満足だった。

二十歳。私は天文学科が有名な大学に入った。生物学を複数専攻、鉱物学を副専攻にした。誰が見ても無理のある時間割だったけれど、食べて寝て勉強だけするのは、思ったほど難しくはなかった。人々が、背景のように通り過ぎていった。母との囲碁はひと月に二度、寮から家に帰る週末だけになった。私は蝶番《ちょうつがい》の錆《さ》びた、手垢《てあか》のついた碁盤を開き、他の人たちも碁盤に引かれた黒い線のように明確な目標を持っているのか、彼らの人生も十九本の線が交差してできる三百六十一個の点のように意味があるのだろうかと思っていた。

——理由のない石は最初から置くな。一度置いたら、使い道を探しなさい。

二十一、二十二、二十三。鉱山建設が始まり、月と地球の間を往復して資材を運搬し連絡をする新しいスペースシャトルが完成した。大統領が二度替わる間に、わが国と関係なさそうな月面基地建設のニュースは大衆の関心を引かなくなった。どの高校の教科書にも、最初のチームを率いた白人の英雄の写真が載った。すべてがあまりに早く歴史の一ページになりつつあった。焦った。相変わらず半島から出られない二十三歳の女子大生。朝、眼を覚ましてベッドに寝たままじっと宙を見つめ、新技術や情報から取り残された学校に満足できず、授業に欠席する日が多くなった。夢の中で私は大気圏を通過し、宇宙を飛んでいた。真空にさらされ全身がふくらんで破裂した。碁盤の線のように宇宙を横切る雲に引っかかり、寮の天井より黒い空中に落っこちた。

大学院修士課程に入って二年目の二十六歳の時、ついにチャンスが見え始めた。月面基地とスペースシャトルに必要な人員数が増え、ポリティカルコレクトネスについての幻想に亀裂が生じた。注意深く調整した男女比や国籍、人種の比率が崩れたところに経済論理がのさばった。建設が進行するほど大小の事故が増え、もはや英雄を必要としない事業に命を懸ける人が減った。私は修士課程を終えるまで、じっと待った。志願するチャンスは一度、多くても二度だろう。地上で通信を中継したり、送られてきた鉱石を分析したりする部署なんかに配属されてはならない。私が夢見たのは宇宙だ。私が行くのは月だ。私が望んだのは碁盤の真ん中に放置された碁石ではなく、隅からちゃんと伸びた、華麗な宇宙流だった。

私は修士号を取得した日に、すぐ願書を出した。博士号はなくとも天文学修士、生物学学士、鉱物学副専攻にフランス語、英語、中国語ができるという履歴は、悪くない。私はまる七年半の間に溜まった荷物をまとめ、実家に帰って結果を待った。大学院に通った三年の間、物置でたっぷり埃《ほこり》をかぶっていた碁盤を出そうとして、黄ばんだ年刊月面基地ニュース誌の束を発見した。私が集めた同じ雑誌は、まだ開けていないカバンの中に入っていた。

六カ月後、書類選考に通ったという通知をもらい、面接を受けにアジア地域研究本部のある中国甘粛省に向けて出発した。壮大な砂漠に輝く研究所と、一見すると廃墟《はいきょ》のような宇宙船発射台はあまりにも見慣れていて、かえって現実味がなかった。私は準備した面接資料に眼を通す代わりにポケットに入れたプラスチックの碁石を触りながら、乾燥した砂漠の空気を吸い込んだ。日が暮れると、夕陽に燃える砂漠に黄色い土埃が舞い上がり、はるか遠い草原が見えなくなった。私はつま先に触れる土を見下ろして考えた。もし月に行ったら、あるいはスペースシャトルで暮らすことになったら、この空が恋しくなるだろうか。この地面が恋しくなるだろうか。母が恋しいだろうか。いつかは戻りたいと思うだろうか。

　私はついに答えを見つけられなかった。面接と身体検査に合格し、実感の湧かない気持ちを奮い立たせるようにして、書類を整理するため急いで韓国に帰った日だ。バスから降りた私の目の前で突然、車輪が容赦なく回転し、同時に気の遠くなるような痛みを感じた。二十八歳。およそ二十年の努力が、コウ材を失った大石《たいせき》（原注：囲碁で、大きな勢力を成して長く連結している石。大石が取られた場合、たいてい中《ちゅう》押し負け〈自ら負けを申し出て対局を終えること〉で終わる）みたいに消え去るのに、二十秒とかからなかった。抜け殻になった身体は重力によってずっと押さえつけられ、病床に横たわったまま、いくらもがいてもベッドに、床に、地面に、果てしなく沈んだ。何層にも重なった大気の重さが息苦しかった。

　日常は遠景に退いた。眼を覚まし、車椅子に座り、病院に行き、家に帰る。ご飯を食べ、薬を呑《の》み、水を飲む。退院して三、四カ月過ぎた頃、ふと気を取り直して碁盤を取り出そうと物置の戸を開けたが、低くなった背丈に適応できず、積まれた物を倒してしまった。年刊月面基地ニュース誌、プラスチックの碁石、学生時代に壁に貼っていた色あせた写真、ドキュメンタリーのDVD、大学の卒業アルバムが崩れ落ちた。夜光塗料を塗った星形の飾りの角が顔に当たった。痛かった。埃が入ったのか、眼や鼻が我慢できないほど痛くて息が詰まった。痛くて涙が出た。私は物置の前に座り、がらくたと化した自分の二十九年に埋もれてすすり泣いた。

夕方帰宅した母は、私を浴室に押し込むと、黙って物置を片付けた。そして数日後、食卓の片隅に榧の碁盤が置かれた。私は家に一人でいる日は、前夜の対局の痕跡がうっすら残った榧の碁盤のひびをなで、家の片隅にあった棋譜の本を取り出して十年、五十年、百年前に九段になった棋士たちの対局を、自分で置いてみた。時々は、光る貝殻の碁石を一つ一つ磨いたりもした。夜にはそうして磨いた冷たい碁石を握り、何もない碁盤の前で母と向かい合った。

通院治療がすべて終わり数カ月に一度の定期検診だけになると、私は半年近く使わなかったコンピュータを起動し、お気に入りに登録したままの天文学や月面基地関連ニュースグループや論文データベースのリンクに目を通した。そしてそれらをすべて消去する代わり、オンラインの博士課程に登録した。地球を愛することはできなかった。黒い夜空に流れる雲すら、私が大気圏に閉じ込められていることを思い起こさせて耐えがたい。碁盤がすなわち宇宙ならば、そのどこかには隙間があるはずだ。碁盤が人生なら、この傷は細いひびとして残るだろう。世の中を耐える術《すべ》は、一つではない。

コンピュータプログラムがいくら複雑かつ精巧になっても人の手を必要とする仕事は残っているから、私は学部生の答案を採点する仕事と、簡単な論文翻訳のアルバイトをすぐ見つけることができた。現場で働くことのできない鉱物学は、完全にやめた。あらゆる国籍と年齢の人たちが月面基地関連事業に押し寄せ、研究本部で働く障害者も少しずつ増えはしたけれど、私が三十三歳になるまで宇宙基地で障害者を採用したという話はなかった。私は漠然とした期待やわずかな希望にしがみついて暮らすようなことはせず、超然としていた。二十歳頃には月に降りた宇宙飛行士の写真を見ただけで湧いた嫉妬心も、徐々に消えていった。

　基地建設が終わる頃、深刻な問題が露呈した。スタッフの健康問題だ。重力の小さい月やスペースシャトルで長期間働いたスタッフの骨密度が低下する現象が、ＮＡＳＡ／ＥＳＡの主張よりずっと深刻だということが、後から明らかになった。建設開始当初、十分な対策を立てたはずなのに、最初に月の地面を踏んで歩いた宇宙飛行士たちが地球に帰還して十年以上経ってから副作用が現れ始めたのだ。最初のチームの三十七名中、今まで生きている三十名に、年齢にしてはひどく早い骨粗鬆症《こつそしょうしょう》の症状が現れ、そのうち約半数には結石まであった。主に宇宙で活動した二番目のチームのメンバーのうち三名が皮膚がんにかかったのは宇宙放射線のせいだという仮説が出されると、科学界と医療界が大騒ぎになった。今までちゃんと研究されていなかったために世界のあちこちに散らばり、自分の健康問題を個人的なものだと考えていた基地建設参加者たちが、精密検査を受けた。結果は、建設中断運動が起こるほど絶望的だった。急いでスペースシャトルの人工重力が地球の〇・五倍から〇・八倍に高められ、職員たちの宇宙滞在期間が半分に短縮され、運動時間が十分に与えられたものの、根本的な解決策は見出されなかった。

結局、基地建設が中断されて一年近く事業が漂流した末、NASA／ESAは肢体障害者を募集し始めた。無重力空間で働いて地球に戻っても、相対的に身体の重さに耐える必要の少ない下半身麻痺《まひ》や、切断障害者が主な対象だった。ニュースグループでは、手足を使わない人たちや手足の欠損した人たちは運動すべき部位が少ないからだという噂《うわさ》が流れた。表面的な理由であるポリティカルコレクトネスとはかけ離れているし、基地建設の志願者数が激減したために出された窮余の一策に近かったけれど、今まで宇宙開発から排除されてきた障害者たちは、この機に乗じて権利回復に乗り出した。障害者採用問題は、宇宙時代の障害者の人権問題から地球の法律適用範囲論争や国際法論争にまで拡大した。

事業の成功を目前にして壁に突き当たったNASA／ESAと多国籍の後援企業は、これ以上事業が遅れて経済的、社会的な打撃を受けるより、事業の恩恵を受ける人を増やして、これまで投資した莫大《ばくだい》な費用を回収することを選んだ。アメリカとヨーロッパで施行された障害者採用法案を修正した新しい法案が国際法に加わり、月面基地とスペースシャトルおよび研究本部のある地域にまで拡大適用された。

勉強の手を止め、障害者や国際法のニュースグループが伝える消息に、全神経を集中した。実感がなかった。三十九歳になった時、障害者と一般人の両方を含む採用公告が出た。多様なケースに合わせた新しい体力検査が導入され、数カ月後、建設を再開した宇宙船に、手続きを通過した十二名の障害者が初めて搭乗した。私は彼らの乗った宇宙船が発射されたというニュースを見た後に願書を送った。十年前とはいえ一度は採用手続きを終えた経歴があるうえに、その後に追加された学位が力を発揮したのか、再び国境を越えて中国に行くことになった。今度は最初から荷物をすべて持っていった。出発の前夜、母は碁盤や碁石を持っていくかと尋ねた。私は車椅子に座った私の背丈とあまり違わないほど曲がった母の背中をじっと見た。そしてゆっくり手を伸ばして母の首を抱き、首を横に振った。

＊

甘粛省は、日差しに輝く舗装道路が縦横に走る研究団地になっていた。私は発射台と本部の見える高層宿舎の窓辺に座り、記憶の中にかすかに残っているこの砂漠の土埃を思った。今の私の年齢で、碁盤を間に置き、幼い子供に正面から向かい合って育ててくれた母を思った。地球に帰りたくないと思っていた華やかな夢と、砂漠を踏んで立った両脚を思った。契約期間の終わる一年後には、再任するかどうかにかかわらず、いったん帰還することになる。宇宙流の創始者武宮正樹の棋譜に見た、直線的な豪放さを支える恐ろしいまでに緻密な形勢判断を脳裏に描いた。私の十代、二十代、三十代。着手の瞬間、瞬間。

私は窓から離れ、両腕でベッドに上がって横たわった。明後日、スペースシャトルで出発してしまえば、目が回るほど忙しくなるはずだ。そして地球に戻ったら、そう、戻ったら、碁石をぴかぴかに磨いて母と対局しよう。一つぐらいは望遠鏡を買ってもいいし、人に会ったり、障害者の人権団体に参加したりしてみるのもいいだろう。私は不惑の年齢になり、囲碁はようやく中盤に差しかかっている。

アリスとのティータイム

私は七十四番目の世界でアリス・シェルドンに出会った。

世界は、一列に並んだ小さな部屋だ。透明なガラスの壁で仕切られた小さな四角い部屋が連なって、遠目には一つの長い空間のように見えている光景を想像してごらんなさい。見えないドアノブをひねって開けさえすれば入れるその部屋の一つ一つが、まさに我々が世界と呼んでいるものだ。そして私の仕事は、そのドアを開け、あなたの生きる世界、私が生きていない世界、ジョン・レノンが生きていて広島に原子爆弾が落ちていない世界に入ることだ。

私は大卒一般職の事務員として国防省に入り、四年目に多世界研究所への異動を命じられた。安全保障上の重要度が高くない国々の情報が雑然と置かれた田舎の図書館を連想させる、古びたネームプレートのぶら下がったドアを開ける時まで、私は多世界研究所が何をする所で、自分がどんな仕事をするのかまったく知らなかった。電話を受け、資料をアルファベット順に整理し、決裁書類をきちんとファイルするのだろうと、漠然と思っていただけだ。しかしここで私が担当する仕事は国防省内の他のどの部署の業務とも、誰の仕事とも違った。わが研究所は透明なドアのノブをひねって開け、調査員を別の部屋、すなわちパラレルワールドに送り出す。調査員は、今この瞬間にこの世界と重なって存在する別の世界を盗み見てくるのだ。

発令された初日に研究所長から聞いた、ガラスの壁で仕切られた小さな部屋の比喩は、実は正確ではない。同僚のテッドが言った、パラレルワールドとはセルアニメーションのシートをたくさん重ねたようなものだという表現はもっともらしく聞こえるけれど、それも正確ではない。どんな比喩もぴったり当てはまらない。私は巨大な木を想像する。地面から生えた幹は一つだが、上に行くと大きな枝がたくさんあり、その大きな枝から小枝が出て、その小枝から、さらにもっと細い小枝が出ている。アリスたちは――我々はよく冗談めかして自分たちのことを〈不思議の国のアリス〉と呼んだりする――小枝を渡り歩いて違いを探す。他の大きな枝に移ったり、他の木を訪れたりすることはできない。あまりに〈遠い〉からだ。ずっと昔の歴史的事件を、大きな枝が分かれる起点だと考えてみよう。我々は、十字軍戦争が起こらなかった世界に入ることはできない。十字軍戦争がベトナム戦争より重要だからではなく、その枝がずっと前に分かれていて、すでに我々の歩幅では届かない所に伸びてしまっているからだ。ヨーロッパでペストが猛威を振るわなかった世界、イギリスとフランスが百年戦争をしなかった世界に入れないのも、同じ理由だ。ペストがマラリアより危険な病気であるとか、イギリスやフランスがとても重要な国だからではない。重要なのは距離、すなわち時間だ。統一していないドイツ、レーガンが大統領になっていないアメリカ、戦争で廃墟になっていないベトナムを訪れるのは簡単だ。原子爆弾が投下されていない日本を訪れるのは、やや難しい。ヒトラーのいない世界はいくつかあるけれど、世界大戦が起こらなかった世界は、これまで一つもなかった。

私たちの入る世界は、今いる所とちっとも変わらないように見えることが多い。百数十年前の人物の顔を刻んだ貨幣などはもちろんのこと、最初から十数番目の世界までは、大統領が違うことも、二、三回しかなかったほどだ。よく似た世界で、できるだけスピーディーに有意義な差異を探して帰らなければならない我々は、通常、三日間の〈出張〉期間に図書館で資料を漁り、新聞を読み、現代に建てられた博物館や美術館をあわただしく回る。人に会ったり話したりすることは、なるべく避ける。長く滞在し、ひと言でも多く話すほど〈よその世界〉に干渉する可能性が高くなるからだ。間違って作った小枝が何を仕出かすのか誰も知らないし、誰も危険を冒したくはない。所長の言葉を借りれば、「ドアを開ければいいのであって、ガラスを割ってしまってはいけない」からだ。研究所に入ってから聞いた、軍隊出身でもない下っ端の事務員だった私が調査員に抜擢《ばってき》された理由は、大きく分けて四つある。数時間前に受けた電話の内容をそのまま伝えられる記憶力と正確な事務処理能力、私語の少ない勤務態度、安定した私生活——当時の私は、カールと一緒になって三年目だった——そして、〈平凡〉という表現がぴったりの、全然目立たない容貌。率直に言って、最後の理由が最も重要だったのだろう。

ともかく最初に話そうと思っていたことに戻れば、そう、七十四番目の世界に行く前夜、私はリビングルームでカールとけんかをした。疲れて重い身体を引きずるようにして帰宅した直後のことだ。

「昼にお父さんが電話してきたよ」

「お父さんが？　休暇の時に会って、まだどれほども経たないのに。何かあったの」

「うちの親父じゃなくて、君のお父さんだ」

「あの人が、どうして？」

「実の父親のことを、そんなふうに言っちゃいけない」

「いいの。構わないで」

「リズ、お父さんも苦しんでいるみたいだ。もう許してあげなよ。わざと事故を起こしたわけでもないんだから。もう何年も前のことなのに、こんなふうにしてたって、君がつらいだけだ」

「ほっといてちょうだい。わざとじゃないって、どうしてわかるの。運転していたのは父だったのに。離婚することになった妻を、シートベルトもなしに助手席に乗せて時速百八十キロで走ったのは、知っててやったことでしょ。そんな弁解をするために電話してきたの？」

「だからといって、お父さんを殺人犯みたいに言うなよ。事故は事故だ。中央線を越えたのは反対車線の車だと知ってるくせに。お父さんだけでも生きていることに感謝して、余生を楽に過ごせるようにしてあげようよ。リズ、君がこんなことをしていても、お母さんは……」

「生き返るわけじゃないって言いたいの？　もちろんそうよ。父の立場からすると、とても楽になった。離婚訴訟にお金をかけるのも惜しがっていたのに、生命保険金までもらえたんだから」

「……また今度話そう。明日、シアトルに出張だろ。やめよう、リズ。帰ってからまた話そう」

私は神経質に髪をかき上げ、唇をかんだ。カールは私が父と和解することを願っていた。大家族の愛をたっぷり受けて育った彼にとって、義理の父とろくに話もできないのが窮屈でもどかしいのは当然のことだ。結婚する時、父に連絡したのもカールだ。私は八年前の事故以来、父がどうしているか聞きもしなかったし、自分の近況を伝えもしなかった。カールが父を結婚式に招待したと聞いた時には、烈火のごとく怒った。もちろん父は、結婚式に来なかった。


翌朝、私は最悪の気分で荷物をまとめて家を出た。カールは、気をつけて行ってこいという簡単なメモすら残さないまま出勤していた。私は普段のように国防省のドアを押して入り、出勤日誌にサインして、所長がふざけて机に置いているカリフォルニア州旅行の記念品をつついてみてから、七十四番目の世界のドアを開けた。

襟元にひんやりとした風が入ってきた。七十四番目のアメリカ。私は新聞自動販売機に硬貨を入れて新聞を買い――それによって同じ硬貨が使われていることを確認した――見出しに眼を通した。ここの大統領はヘリオット・ニールソン、国防長官はアル・ジョイス。両方とも見たことのない名前だったが、大統領などどうせ私には関係ない。この企業とあの企業が吸収合併を試み、株が上がってまた下がり、ある人は拉致され、ある人は迷子になった犬を捜してくれと言って三百五十ドルの懸賞金を提示していた。突然、耐えがたいほど強烈なめまいに襲われた。どこの世界も同じだ。虚しさが、鋭く胸をえぐった。私はアンディー・ウォーホルのいない世界を見た。ピカソが無名のまま一生を終える世界を見た。いつだって、他の誰かがその空席を埋めていた。がんの完治率が、我々の世界より数倍も高い世界を見た。研究所ではその発見を重要な成果の一つに数えているが、私はその世界で、他の病気によって同じように苦しんで死ぬ人々を見た。私がこの世界に生きていたとしても、何も変わりはしないのだ。私は新聞をくしゃくしゃにして持ち、公園のベンチに座って呼吸を整えた。こんな仕事をしていると心理的な壁にぶつかるものだが、心配しないでいいと、研究所のカウンセラーが前もって教えてくれていた。そのために、確実に守るもののある人を調査員に選ぶのだとも言った。私はカールの顔を脳裏に描き、落ち着こうとした。カール。そう、私の夫。彼が私に言った。お母さんが生き返ることはできない。もし、そうでなければ？　私は頭を抱え、声にならない悲鳴を上げた。どこかに、母の生きている世界があるなら？　母と父が別れない世界があるなら？　私の生まれていない世界があるなら？　それはガラスの壁に映る影に過ぎないのだ。所長の顔が答えた。我々は自分の世界の中で暮らすことを学ばなければなりません。他の世界に別のあなたがいる可能性もあるけれど、その人はもうあなたではないんですよ。個人の存在は偶然です。カウンセラーは、ねばつく舌で唇をなめた。

「お嬢さん、大丈夫？　意識はありますか」

顔を上げようとしたはずみに頭がくらくらした私は、こめかみを強く押さえた。

「あ、はい、大丈夫です」

「そう？　ずいぶん具合が悪そうに見えるけど。うちはすぐ近くだから、お茶でもいかが」

別の世界の、初めて会う女を家に招待するような人とお茶を飲むなんて、とんでもない。目の前がだんだんはっきりしてきて、車椅子に乗った女性が視野に入った。私は平気なふりをして立ち上がり、歩いて公園を出ようとした。しかしまだめまいがして、立ち去るどころか、ふらついたはずみに車椅子の車輪にぶつかってしまった。倒れかけた車椅子をやっとのことでつかんだ。見ると女性は、七十はだいぶ越えていそうな老婦人だった。

「まあ、ごめんなさい。見えてなくて……申し訳ありません」

彼女はにっこり笑い、車椅子をつかんだ私の手を軽く叩いた。その手が温かかった。

「いいんですよ。それより、やっぱりお茶を飲んだ方が良さそうだけど」

ふと、熱いお茶が飲みたくなった。

老婦人の家は、本当に公園の真ん前だった。彼女は家に入るとすぐキッチンに行ってカップやティーポットの準備をしながら、首を突き出して聞いた。

「お名前は？」

私はとっさに偽名を名乗った。

「アリス・カールです」

「あら、あたしもアリスなんですよ。アリス・シェルドン。ご近所の方たちからは、たいていシェルドン夫人と呼ばれてます」

私は図書館を回る時間があるかどうかもわからないのに他人の家に入ってしまったことを少し後悔しながら、じっくり周囲を見回した。テーブルの上に置かれた大小の写真立て、色あせた本の並ぶ古い本棚。どこにでもあるような独居老人の住まいだ。

「本はお好き？」

本棚をぼうっと見ていた私の背後で、車輪がきしんだ。私はカップを受け取り、座り直しながら答えた。

「ええ、まあ。ＳＦ小説が好きです」

「ＳＦ？　あたしも好きなんですよ。お気に入りの作家は？」

しまった。私は自分で自分のお尻を蹴飛ばしたくなった。このおばあさんがSFファンだなんて、思ってもみなかった。私は必死になって、この世界にもいそうな作家の名前を考えた。

「アイザック・アシモフです」

「ああ」

私は緊張して、お茶をひと口飲んだ。アシモフなんて聞いたことがないと言われたら、あまり有名ではない外国の作家だと言ってしらを切り通さねば。シェルドン夫人は首をかしげたまま何も言わなかったが、しばらくするとにっこりした。

「アシモフがお好きだなんて、最近の若い人には珍しいわね」

気持ちがふっと楽になり、椅子にもたれた。家は暖かく、お茶は甘かった。そろそろお暇《いとま》して、仕事にかかってもよさそうだ。

「それで、カールさんはどこから来たの。いや、どの時間から来たのかと聞いた方がいいかしら」

げほっ。

私はまだ口にお茶が残っているのに、驚きのあまりむせてしまった。お茶が口から垂れた。私はすぐナプキンを取って口の周りを拭い、声の調子を整えた。

「実家はロサンゼルスで……」

鼻眼鏡の奥で、シェルドン夫人の眼がいたずらっぽく輝いた。

「カールさん、ここにアシモフはいませんよ。どこから来たんです」

私はナプキンを中途半端に胸の前で握ったまま、呆然《ぼうぜん》としていた。シェルドン夫人はカップをテーブルに置き、やや真剣な口調で言った。

「あたしも他の世界を旅した人間です。もう引退したけれど。一九六〇年代の終わりまで国防省にいました。まさか、ワープできるのは自分の世界からだけだと思ってるんじゃないでしょうね。ワープできるのは、似たような世界だけでしょ。アイザック・アシモフという人が有名な世界にも行ったことがありますよ」

「え、あの、つまり……」

「お嬢さんは、どの支流から来たのかな。SF小説が好きだというのが本当なら、ひょっとしてあなたの世界にジェイムズ・ティプトリー・ジュニアという人がいませんでしたか?」

ジェイムズ・ティプトリー・ジュニア。フェミニズムSF小説の先駆者。本名はアリス・ブラッドリー……シェルドン。

私は椅子から跳び上がった。

「えっ、それではあなたがジェイムズ・ティプトリー・ジュニア?」

シェルドン夫人は、軽く鼻にしわを寄せた。

「ここでは違うけれど、あたしがそういう人である世界も見たことはあります。さあ、座ってお茶をお飲みなさい。他の世界からこちらに来た人に会うのは初めてだから、あたしもどきどきするわ。仕事は忙しい？　このおばあさんに話したって洪水なんか起きはしないから、ゆっくりティータイムを楽しんではいかが？」

「でも私たちの世界では、あなたは、あの、その……」

「自殺したんですか。ああ、そっちの世界から来たのね。知ってます。あたしも見たから。世界は、分かれて流れる川みたいなものじゃないですか。少しは遡ることもでき、流れに乗ってちょっと先に進んでみることもできる川。あたしが話したら、お嬢さんの世界の話も聞かせてくれますか？　あたしたちが話をしても世界は揺らぎませんよ」

私は腑《ふ》抜《ぬ》けたように、うなずいた。

「あたしは国防省に勤めていました。異界情報収集部に入ったのは一九四〇年代の末です。お嬢さんも知ってるでしょうが、あの頃はひどく殺伐としていて、誰が覇権を取るかに関心が集中していましたね。上の人たちは、ソ連との関係がどうなるのかを知りたがっていたから、詳しい方法は知らないけれど、それで異界に行く門が開かれたんです。時間を、四十年ぐらい前か後にワープすることができました。厳密に言うと、あたしたちの世界の未来や過去ではなく、横の世界の未来や過去に行くんですが、最初はそれがわかりませんでした。戦争の流れを直接変えようとする試みが何度も失敗すると——過去を変えれば別のパラレルワールドの支流ができるだけだということが知られるようになったんです——主な関心は、未来から得られる情報に移りました。普通、未来は今より良いだろうと思うじゃないですか。あたしは一九五〇年代初めに、もう辞職を考えていました。結婚して数年経っていたし、もう一度勉強したかったの。小説も書きたかった。母のように。いずれにせよ情報収集部の中ではかなりベテランだったから、一九五四年だったか五五年だったたか、年を取ると記憶が……とにかくその頃、当時としては最も〈遠い〉方だった一九八七年に行くことになったの」

一九八七年。私は口を手で覆い、悲鳴のような声を上げた。

「一九八七年って、まさか」

「そう。あたしが、つまりあなたの世界のあたしが夫を射殺して自殺した年。不思議な偶然でした。こんなことを言うと笑われるかもしれないけれど、今では、それが運命だったのではないかと思うの。よりによって一九八七年に行って、自分が自殺したという新聞記事を、自分の眼で読むことになるだなんて。夫の病気はアルツハイマーでした。その時まで、それがどういう病気なのか、誰も知らなかったんです。魂が抜けたようになって自分の世界に戻ったのを覚えています。そしてあたしは、夫を助けようと決心しました。まあ、不治の病の治療法がある世界を訪れようとするのは、必ずしも利己的とは言えないでしょう？　それに、あたしはまだ若かった。お嬢さんは今、おいくつ？　三十？　その時のあたしが、三十代だったから……愛にどっぷり浸かっていた三十代のあたしに、七十過ぎてピストルで夫を撃ち殺す未来がどんなに恐ろしいものに見えたか、想像してごらんなさい。あたしはＣＩＡに移って情報収集を続けました。病名は世界ごとに違うので、治療法があるかどうかは症状から調べなければなりませんでした。時間もあまりなかったし……。さっきも言ったように、殺伐とした時代でしたからね」

アルツハイマーの治療法は、私の住む世界でもまだ確立していない。ふと、プロ意識が頭をもたげた。

「見つかりましたか？　ここでは、アルツハイマーは治るんでしょうか」

シェルドン夫人が、私の気持ちを見抜いたように微笑した。

「ええ。病名は違うけれど、発病初期なら薬で治せます。街の図書館に行けば〈老人脳収縮症〉について詳しい資料があるでしょう。バス停は公園の西門近くです。とにかくあたしは、いろんな世界と時間を探し回った末に治療法を見つけました。仕事をやめようと決心してから、さらに十年も費やして、やっと退職しました。治療法を見つけた時、どんなにうれしかったか。家に帰って、まだ何も知らないでいる健康な夫を抱きしめて泣きました……」

シェルドン夫人は、テーブルの写真立てに顔を向けた。私はその時ようやく、うっすらと埃をかぶった写真の中に、ＳＦ小説の評論誌やウェブサイトで見た、若き日のジェイムズ・ティプトリー・ジュニアの顔を認めた。私と同じ年頃の美人が、ウェーブのあるショートヘアを揺らして笑っていた。

「その後は？　小説はお書きにならなかったんですか」

「たいてい夫と旅行していました。子供の頃に行ったアフリカをもう一度回ってみたりして。その写真は、その時に撮ったものです。小説は、さあ、結婚前はかなり熱心に習作をしていましたが、二十年近くも全然別のことに専念しているうちに、どうでもよくなってしまいましたね。それに、自殺した小説家という未来を見たのも、気持ちにブレーキをかけたし。絵は少し描きました。たいして才能はなかったみたいですけど」

「でもジェイムズ・ティプトリー・ジュニアは、一九七〇年代に代表作を書いたじゃないですか」

「それは別の川に流れているあたしだったんでしょう。あたしはジェイムズ・ティプトリー・ジュニアの書いた本を読んだことすらありません。そんなものを探す時間もなかったんです。仕事をやめてからは、他の作家の書いたＳＦ小説をたくさん読みました。優れた女流作家がたくさんいます。ジョアンナ・ラスって聞いたことありますか。クリスチーナ・ルトベンという、暗く強烈な作品を書くイギリスの作家も魅力的です。〈女性中心主義〉で一九八〇年代の文壇を席捲《せっけん》しました。文化的な資料も調査するなら、ぜひ調べてみて下さい」

「だけど……」

シェルドン夫人はそっと手で制した。二十代前半に初めて読んだティプトリー・ジュニアの鋭い筆致が私に与えた衝撃と感動について、夫の手をしっかり握って自殺したという悲惨な最期すらロマンチックだと思っていたことについて、語ることはできなかった。私は言葉に詰まり、テーブルの写真ばかり見ながらお茶をすすった。象の背中に乗ったシェルドン夫妻の笑顔が、かすんで見えた。

「ご主人はどうなったんですか」

「カールさん」

シェルドン夫人は、質問が聞こえなかったみたいに言った。

「本当のお名前は何とおっしゃるの」

「リズ・パーマーです」

「リズ、正直に教えて。ジェイムズ・ティプトリー・ジュニアは、立派な作家でしたか」

私は顔を上げてシェルドン夫人をまっすぐ見た。

「最高です」

シェルドン夫人の顔に、妙な微笑が広がった。

「そうですか。変な気分ですね。この年になっても……」

私たちはしばらくそんなふうにして向かい合っていた。窓の外を、騒ぎながら通り過ぎる子供たちの声が聞こえた。どこかでクラクションが鳴った。

ウォーマーに置かれたティーポットが冷める頃、夫人は長い眠りから覚めたように、うーんと声を出して背筋を伸ばした。

「もう、仕事に行く時間でしょう?」

私はうなずき、カップに残ったぬるいお茶を口の中に流し込んだ。シェルドン夫人が玄関の前で少し止まって言った。

「ハントは一九七八年に亡くなりました。急性肺炎でした。おかしなことに、あたしは最後に夫におやすみと言う時まで、老人脳収縮症の治療法はわかったから、あたしたちは少なくとも十年か二十年は一緒に暮らせるものだと信じていたんです。それはとっくに、あたしたちの未来ではなかったのに」

私は素早く息を呑み、シェルドン夫人を振り返った。夫人が腕を伸ばして私の肩をとんとん叩いた。

「あたしが他の世界から持ってきた治療法が、どれほど多くの人を助けたのか、あたしは知りません。あたしがどんな作品を書くことができたのか、他に何ができたのか、知りません。実はお嬢さんに聞きたかったけれど、今は知らないままでいても構わない気がします。だから、もしがっかりしたのなら、ごめんなさい」

きしみながら開いた玄関ドアの隙間から、秋の暖かい日差しが入ってきた。

「でもリズ、あの仕事はあたしを助けてくれました」

私は、肩に触れた温かくてしわだらけの手を包み込むように握り、そっとキスすると、走るように玄関を出た。公園の西にしばらく歩いてから振り向くと、日光に輝く車椅子のハンドルが、視野の片隅に入った。

何を探せばいいのかさえわかれば極めて簡単なのが、我々の仕事だ。図書館のコンピュータで資料検索ボックスに〈老人脳収縮症〉と入力して出てきた資料をごっそりコピーしても、閉館まではまだ三十分あった。私はSF小説コーナーに行って本棚を眺めてみた。R。アリシア・ラムジー、ジェニファー・ラビン、コリン・ロナン、マイク・レズニック……クリスチーナ・ルトベン。私はシェルドン夫人の言葉を思い起こしながら、聞いたことのない作家の本を開いて読み始めた。ティプトリー・ジュニアが一九八〇年代に書いていてもよさそうな文章だった。閉館を知らせる案内放送が聞こえた。私は本を閉じ、出口近くの検索コンピュータの所でちょっと立ち止まり、衝動的に〈アリス・シェルドン〉を検索した。地方紙に掲載された短篇《たんぺん》数篇と、インド旅行関係の小冊子のタイトルが並んだ短いリストが出た。私は、いつも誰かが空席を埋めるのだと思った。しかしこの世界のルトベンは、他の誰かの空席を埋めるために作品を書いたのではないはずだ。シェルドン夫人が見慣れぬ時空をさまよいながら創ったのは、ジェイムズ・ティプトリー・ジュニアの席が空席になっている世界ではなかった。いつも、誰かは生きていると思うと、ふと目頭が熱くなった。唐突に、死ぬほどカールに会いたくなった。


「あれ、もう帰ったの」

机に山積みされた資料を分類していた同僚たちが顔を上げた。所長室のガラスのドアの向こうで所長が立ち上がるのが見えた。絶対に三日間いなければならないという規則もないけれど、出張先から一日で戻ることはめったにない。向かいの席では、テッドが心配そうな眼で私を見ていた。

「特に変わりはないよ。休暇を申請したいんだけど」

「大丈夫か?」

「もちろん」

私はにっこりしてブリーフケースを振ってみせた。

「私が何を持ってきたか知ったら、所長も休暇をくれないわけにはいかないって」

「開けてみろよ。カリフォルニアオレンジか?」

私の表情が明るいのを見て、ちょっと落ち着きを取り戻した同僚たちが集まってきた。私は分厚いコピー用紙の束を取り出し、やって来た所長に渡した。

「アルツハイマーの治療法です」

私は興奮して騒いでいる同僚たちの間をそっと抜け出した。夕方七時。カールが帰宅する時間だ。私はまだ暖かい、自分の世界の秋風に吹かれながら、ゆっくりバス停に向かった。少なくとも一週間は褒賞休暇をもらえるだろう。私は明日から準備する物を一つずつ思い浮かべた。物置から大きなトランクを出してこよう。カールが休暇を取れるかどうか、聞いてみなければいけないな。夏休みをもらわなかったから大丈夫だろう。それから父に電話しよう。もういいと言うべきだろうか、元気だったかと先に聞くべきだろうか。生き残ってくれたことが、本当は、本当はうれしかったなんて、今まで一度も言っていないのに。飛行機のチケットを予約し、久しぶりに私たちの好きなレストランで夕食を取ろう。そして明後日の朝、出発すれば……。でもその前に、今、真っ先にすべきなのは――

キンコーン。

ベルを押すと、カールがびっくりした顔でドアを開けた。

「あれ、リズ、出張はどうした？　取り消しになったのか。今朝は本当にすまなかった。いや、昨日もすまなかったね。君自身の問題だから、あんなふうに追い詰めてはいけなかったのに。朝、ろくに顔も見ないまま出てきて、一日中、どれほど……」

私はカールの首を抱き寄せた。

「会いたかった」

カールが両手で私の手を包み、そっと眼を合わせた。

「僕も」


ジェイムズ・ティプトリー・ジュニア（James Tiptree, Jr.）（一九一五〜一九八七）

アメリカのSF作家。本名アリス・ブラッドリー・シェルドン。地理学者であり有名な旅行家であった両親と共にアフリカやインドを旅しながら子供時代を過ごす。子供の頃から「アフリカ大陸を旅した最年少の冒険家」として社交界に名を知られた。一九四〇年代初めにしばらく芸術評論家として活動し、一九四二年にアメリカの軍隊に入隊して情報部に勤務する。一九四六年に一時除隊したが、一九五二年にCIA（中央情報局）勤務を命じられて諜報員《ちょうほういん》として活動した。一九五五年に退職。

心理学の博士号を取得した一九六七年から、ジェイムズ・ティプトリー・ジュニアというペンネームで小説を書き始める。ジェンダー、自我、フェミニズム、環境、そして何よりも死についての深く陰鬱な省察が込められた短篇は、一九七〇年代のＳＦ小説界に大きな衝撃を与えた。常に郵便で連絡を取り、中年男性としてふるまっていたジェイムズ・ティプトリー・ジュニアが実は女性であるということは、一九七七年まで知られていなかった。

一九四五年にハンティントン・シェルドンと結婚。一九八〇年代初めからは小説を書かず、アルツハイマーにかかった夫を介護した。夫の死が近づいた一九八七年五月十九日、視力を失った夫を殺して自殺する。自殺直前にアリスと電話で話した義理の息子（夫の連れ子）ピーターは、「（母は）すぐに後を追わなければ死後の世界で父と再会できないかもしれないと、真剣に考えているようだった。死後の世界を宗教的に信じていたというよりは、彼らの間ではすべてであったその関係が、今生《こんじょう》を終えても続くだろうという観念のようなものだった」と回想している。

その後、フェミニズム文学に貢献した功労を記念してジェイムズ・ティプトリー・ジュニア賞が制定され、毎年、ジェンダーに関する文学的視野を広げたＳＦ小説やファンタジーを対象に授与されている（編集部注：なお、同賞は二〇一九年十月より The Otherwise Award と改称された）。

チョンヒは息子が九つになった年に、近所の幼稚園の前で発見されたという女の子を養女として入籍した。

「いくつ?」

「はっきりわからないから、二歳にしておいた。誕生日はうちの子になった日にした。お医者さんは、まだ三十カ月には満たないだろうって」

チョンヒはバッグから写真を出して並べた。

「見て、かわいいでしょ。おしゃべりも上手なの。お兄ちゃんによくなついてるし」

私は写真に写った平凡な幼児と、目の前で顔を上気させている友人の顔を交互に見て笑った。

「そんなにうれしい?」

「当然でしょ。先週はソフンが学校から帰ってくると、この子がまあ、門の前にちょこちょこ歩いてって……」

私は友人のおしゃべりにいいかげんな相づちを打ちながらお茶を飲んだ。両親を早く亡くしたせいか、チョンヒは子供たちに対していつも優しく気を配っていた。彼女が第一子を出産してから妊娠しないのを不思議に思っていたところだったので、道で発見された子供をもらうことにしたと聞いても驚きはしなかった。いいお母さんになるだろう。

「……チユン、聞いてる?」

「ああ、ごめん。ちょっと他のことを考えてた」

「おやおや。わかった、もう自慢はやめる。あんた、元気だったの。今度は三年もかかったのね。大丈夫だった? 他の村はどう?」

チョンヒは写真から目を離して私を見つめた。愛情と心配が素直に表れた、温かく人間的なまなざし。同じような視線を私に向けていたたくさんの人たちの顔が重なり、私はあわててカップを持ち上げた。

「大丈夫みたい。みんな、栄養状態もずっと良くなったし、たいていの都市にはちゃんとした病院もできてた。平壌《ピョンヤン》医学研究所も完成したけど、すっごく大きい」

「よかった。それなら今度はずっとここにいるの? いつまでもそんなふうに歩き回ってるわけにもいかないいじゃない。人のために働くのもいいけど、友達として言わせてもらえば、もう結婚して落ち着いて、穏やかに暮らしてほしいな。危険な所に行ってるんじゃないかと心配になる」

私はストーブの赤い炎に眼を向け、ふかふかのソファに身体を埋めた。そしてその瞬間、津波のように押し寄せるさまざまな記憶——たくさんの死、血痕、砲火、廃墟、敵意と孤独——について説明する代わりに、お茶をひと口飲んだ。

「いつかはそうなるよ。ありがとう」

ペア人たちがいつから地球に住んでいたのかは、誰も知らない。人類の祖先がペア人だという説、千年生きたという伝説的な古代の王が、実はペア人だったという説もある。重層的な意味を持った神話に過ぎないと言う人もいた——彼らが再び地球に来るまでは。

人間そっくりのエイリアンたちの乗った本物の〈宇宙船〉が地球の大気圏に出現すると、世の中はたちまち混乱に陥った。もともと適応力の高いペア人は、自分たちが訪問する惑星の高等生命体とまったく同じ形態を取ることがすぐにわかったけれど、それはぞっとするような〈ニセモノ〉というペア人のイメージを、いっそうミステリアスにしただけだ。

地球の軌道を回っていた数多くの自動ミサイルや人工衛星が軍事目的で製造されたものではなかったなら、そもそも戦争など起こらなかったのかもしれない。中東と米英連合軍の間の局地戦が世界大戦に拡大した時期がなかったら、三流新聞にでも載りそうな正体不明のエイリアンは、陰謀論者やもの好きな人たちの興味の対象になったかもしれない。宇宙を夢見るロマンチックな若者が双眼鏡や望遠鏡を持ってマンションの屋上に上がり、宇宙船を見物していたかもしれない。

しかし私たちはそれほど幸運ではなかった。誰が先制攻撃を承認したのかは重要ではない。通信チャンネルが開き、全世界にペア人たちの挨拶が伝わった瞬間、誰かが自動攻撃ボタンを押し、地球上の人類のおよそ半数がエイリアンの到来にも気づかず眠っている間に、武器が空に飛んだ。情報から取り残されていた中東では、突然の混乱を、力で世界を支配した米英連合の攻撃だと考えて発砲を始めた。多くの人々が、訳もわからないで死んだ。ペア人たちの宇宙船はびくともしなかった。彼らは最初はメッセージを送り、後には応戦を始め、得体の知れない爆弾を地上に落として更なる破局を招いた。我々の中にニセモノがいる！　そいつらが始めたんだ！　ペア人が最初に送ったメッセージの中には、地球人の間に交じって暮らしているペア人のうち希望者は連れて帰るというものがあり、それが世界各地で大規模な殺戮戦《さつりくせん》を引き起こした。どいつがペア人なんだ？　誰が？　もともと言葉足らずだったペア人のメッセージは人々の間に広がり、恐るべきスピードで歪曲《わいきょく》された。白昼、道を歩いていた人が殴られて死に、童顔だという理由で羨ましがられていた主婦が隣人に刺され、何時間も血を流して死んだ。信じられるのは自分の産んだ子供だけだった。避難所すらできなかった。そうしている間に、ペア人だと主張する人々が宇宙船の下に集まった。

戦争は二年間続いた。ペア人たちの宇宙船は六カ月後に出ていったのに、局地戦、魔女狩り、政権争奪戦が続いたからだ。地面が血に染まり死体が埋められた後、世界は徐々に落ち着きを取り戻し始めた。十三年前のことだ。

自分が地球人ではないと知ったのは、六十歳頃のことだ。言うまでもなく、宇宙船が現れた時にアメリカの夜空に出ていたカシオペア座にちなんでペア人と呼ばれるようになる以前の話だ。最初に私を育ててくれた飲み屋のおかみは、私の母が一晩泊まり、私を産んで捨てたのだと言っていた。成長が遅く、ちっとも育ちそうにない赤ん坊は、名前も知らない人たちの厚意に頼って、あちこちたらい回しにされた。マンヒュルという名の奴婢《ぬひ》、先祖が遠い中国から来たという曲芸師、七人いる子供がすべて男の子だからと、私をしばらく預かってくれたチョンさん……。ペア人の記憶は薄れない。私はこれまで数えきれないほどのたくさんの夜に、私をかわいがったり、いじめたり、かばったり、後ろ指を指したりした、自分には理解できない地球人たちの眼を思い浮かべながら眠りについていきた。

十七番目に私を育ててくれた行商人が、私の正体を教えてくれた。彼は行商人のいない時代から浮浪者、船乗り、僧侶として山河を放浪していたペア人だった。親がいないから寺に預けるか、育てて小間使いにでもしろと言って預けられた女の子が四年過ぎてもちっとも育たないので、彼は私が、当時〈長寿徳人〉と呼ばれていた人たちのうちの一人であることに気づいた。彼は長く生きているだけに賢明だったし、何より生き残る術を心得ていた。ひと所に長く留まるな。海に飛び込んで絶命するふりをしろ。時には、ただ姿を消せ。顔に泥を塗り、傷をつけ、服を着替えろ。私たちは百五十年間、親子を装って全国を渡り歩いた。彼は数百年生きる間に知り合った他のペア人たちに会い、夜通し話を交わした。そんな時、私はもう百歳を超えた魂をぼろぼろのチマチョゴリの中に隠し、人間たちにとってははるか遠い昔でも、我々にとっては血の止まらない傷のようになまなましい過去を振り返った。

彼は一九三〇年頃に死んだ。寿命が尽きたのか、収奪に耐えられず病死したのかはわからない。ペア人の顔は年齢を推定することが難しいし、彼は自分が正確にいつから生きていたのか、一度も話してくれなかった。私は彼の遺体を道端に埋め、寺に入って尼僧になった。年齢がわかりにくいとはいえ若い女性に見える私がその時期を生き延びるには、そうするしかなかった。大きな戦争を二度避けた後、私はまた俗世に出た。戦時中に両親を亡くし独りで疎開してきた十五歳の女子として住民登録し、三十歳の時に産んでもいない娘の出生届を出した後、二十歳になる〈娘〉として大学入学資格検定試験を受けて医大に入った。チョンヒとは大学で出会った。チョンヒにとって私は二十年もの長きにわたってつきあった無二の親友であり、私にとってチョンヒは、ずっと後になっても今の姿のままで夢に出てくるはずの、刹那の断片だ。

私はペア人の宇宙船に乗らなかった。知り合いのペア人のうち何人かは宇宙船に乗った。他の数十名は戦場を抜け出すことができずに死んだ。宇宙船に乗ろうとしたペア人は、地球で生まれた二世たちが多かった。私は隠れて生き残る道を選んだ。私は地球人のような考え方をすることが多かったし、自分が同僚や友人たちと違うということすら、よく忘れた。だから私は戦争が終わると慎重にしわを刻みつけ、三十代の女の顔で廃墟を歩いた。

「咸鏡道《ハムギョンド》あたりは天候も厳しいし、道が悪くてかなり孤立していると聞いたけど、どうでしたか」

チョンヒの夫が、膝に乗せたウニにスプーンでおかゆを食べさせながら聞いた。

「ずいぶん良くなっていました。もともと山が険しいので、むしろ都市よりも被害が少ないんです。国境が崩れてからは中国に行く人もたくさんいたし……。元山《ウオンサン》や会寧《フエリヨン》には大きな病院もできています」

まだ病院のなかった義州《ウイジユ》では、空き家になっていた大きな屋敷を臨時の診療所にした。ところどころ壁が崩れてはいたが、居間が広くて診療所に適していた。ベッドや椅子を運び入れながら、人が一人も住んでいないなんて、ここはいったい誰の家だったのかと尋ねると、十四、五歳にしか見えない色黒の男の子は、「ニセ人間がおばあさんのふりをして住んでいた」と言い、床に唾を吐いた。裕福で、夫と子供に先立たれ、九十歳になっても元気だったから、長生きするというペア人に違いないと言った。戦争で負傷した時にちゃんと治療できず、切断した脚がまだ痛むと言って治療を受けにきた男は、この家の主は夫を食い殺した女だから、右手を切って山に捨てたと言った。

「それはよかった。青天の霹靂《へきれき》にもほどがある。あいつらさえ来なかったら……」

チョンヒの夫はスプーンを持った手に力をこめ、ぶるぶると震わせた。横でチョンヒが夫の手をそっと握った。彼はまだ十代だった末の弟を戦争で失った。戦争で家族を失わなかった人はほとんどいないけれど、ありふれた悲劇も、つらいことに変わりはないらしい。チョンヒは夫が今でも手製の銃を毎日手入れしていると言い、家族を守ろうとする気持ちを頼もしく思いながらも過剰防衛を心配して顔をしかめた。私はキムチの容器を見つめ、低い声で言った。

「もう、過ぎた話でしょう」

チョンヒが雰囲気を変えようというように、昼間の話題をまた持ち出した。

「病院がたくさんあるのなら、巡回診療はその病院の医者がやればいいでしょう。ほんとにソウルに落ち着く気はないの？」

「そうですよ、チユンさん。チョンヒはチユンさんのことをずいぶん心配してるんです。チユンさんはぬかりなく行動するから、心配するなと言うんですけど」

チョンヒの夫がウニの口の周りについたおかゆを指で拭いながら、口を添えた。

「近いうちにどこかに落ち着くでしょうよ。あと四、五年だけやって、研究所に入ろうかと思っているところです」

「あれ、さっきそんな話はしてなかったじゃない。どっちにしろ、五年は長すぎると思うけど」

「まだ何も決めてない。落ち着いたら連絡先ができるから、電話番号を知らせるよ」


私は予想より早く、開城《ケソン》にある総合病院に職を得た。チョンヒは時々電話をかけてきたし、郵便料金がまた安くなってからは、よく手紙を送ってきた。家族全員が並んで写っている写真の下に記された、まだいい人は見つからないのかというようないたずらっぽい言葉や、ソフンがしっかりした字で書いた「チユンおばさん　あけましておめでとう」を見ながら、私は白髪交じりに見えるように染めた髪をかき上げた。現場で長く働いたキャリアを考慮して与えられる研究職はたいてい暇で、私はペア人たちの送ってくるメッセージや、そのメッセージを分析した論文を読みながら過ごした。これまでの経験によって、あるいは伝え聞いて知っていたのとは比較にもならないほど膨大な情報が溢《あふ》れ出た。ペア人であれば瞬時に理解できる大量の情報が〈分析不能〉とされているのを見て、私は外国の学者や軍人たちの中に、地球人がペア人について研究することを恐れているペア人が何人ぐらい交じっているのか、気になった。私もまた、誰もあまり興味を持たない論文を二つ提出した以外は沈黙を守った。

私は地球人の姿をしたペア人たちの成長のスピードや発達の仕方が少しずつ違うのは、個人差によるものではなく、ペア居住地ではないために適切な援助を受けられないからだということや、ペア人が完璧な記憶力を持っている理由が、二世の形態を決定するのに必要な情報処理能力と関連していること、ペア人が初めて地球に来たのは地球の時間で一万年余り前だということなど、さまざまな情報を、数百年の間に積もった記憶と照らし合わせていった。そうする間に、ある町の住民がペア人だと言われて大量虐殺された現場が発見され、それに続いて戦争に関する社会心理学的研究が行われ、終戦十五年記念番組が放送された。十五年は十六年、十七年になった。私は安全な研究室の壁の内側で、数年間を数分間のように過ごした。

電話で元気かと聞き、どうでもいいようなことばかり話していたチョンヒが、忙しいだろうが来てくれないかと言った日、私は二つ返事で列車に飛び乗ってソウルに向かった。

「来てくれてありがとう。実はずっと前から、言おうかどうか悩んでたの。ここの病院に行ってみたけれどよくわからないし、同じ医者にしても、あんたの方が信頼できるから……」

チョンヒは言葉尻を濁し、小さな部屋のドアに視線を向けた。私は明らかに疲れて見える友人夫婦の顔色をうかがいながら聞いた。

「どうしたの」

夫の手を握り、唇をかんでいるチョンヒの代わりに、夫が口を開いた。

「ウニが変なんです。先天異常みたいです」

戦時中に使われたいろいろな兵器のせいで、先天異常は戦前よりずっと増えていた。

「養子にする時、詳しく健康診断を受けたじゃないですか。どこが問題なんです」

「直接見てちょうだい」

ピンクとグリーンの壁紙が貼られた部屋には、簡素なテーブルと子供用のベッドが置かれていた。私は何がおかしいのかすぐには理解できず、ぐっすり眠っている幼児の顔を見た。そして疑問に満ちた眼をチョンヒに向けようとした瞬間、ウニが九歳だということに気づいた。私は数年前とほとんど変わらない子供の眼、鼻、口、小さな手足や平べったい頭をじっくり観察した。ソフンが自分の部屋から出てきて父親に何か言っているのが聞こえた。チョンヒが部屋のドアをそっと閉めた。

「チユン」

私は大きく深呼吸をして、不安げなチョンヒの顔を正面から見た。眼や口の周囲にくっきりと刻まれたしわ、しみ、根元が白くなった髪。そう、チョンヒはもう四十を過ぎた中年だ。私はその顔に、一つの狂いもなく正確に記憶している二十歳、二十一歳、二十二歳……三十五歳のチョンヒを重ね合わせてみた。

「あたしが連れてく。特に異常はないよ。心配しないでいい。あたしが育てるから」

チョンヒの顔から血の気が引いた。

「うちの子よ。どこに連れていくって言うの。チユン、何なのよ。命に関わるような病気？　あたしが一緒にいたらいけないの？」

ウニの死は、チョンヒの死より数十万日も先だ。

「ペア人なの」

子供を奪われることを怖れるかのようにベッドの方に歩きかけたチョンヒが、その場に立ち尽くした。私は友人の顔から眼をそむけ、淡々と話を続けた。

「これからも成長しない。個人差もあるから、この子がいつ生まれたのか正確にはわからないけど、少なくともまだ十数年はこのままだと思う」

「どうしてあんたにわかるのよ。ただの先天異常かもしれないじゃない。チユン！」

「あたしもペア人だから」

視野の隅っこに、硬直したチョンヒの脚が見えた。しかしチョンヒはすぐに背を向けて部屋の外に走り出た。

「ねえ、チユンは、ウニは、チユンは、ペア人なんだって！」

食卓の椅子が倒れる音がした。私は素早くウニを抱き上げて部屋を飛び出した。玄関まで七歩。まだ時間はある。チョンヒとその夫がすぐに軍部に通報したり病院に知らせたりしたとしても、人々はすぐに彼女たちの言うことを信じて動き出しはしない。明洞《ミョンドン》聖堂で神父をしているペア人に助けをもと……。

カチャ。

私はゆっくり振り返ってチョンヒの夫に向かい合った。十九年の間、一日も欠かさずに磨き続けた銃が光った。

「子供を下ろしなさい」

子供を下ろして退いたら、発砲するか。しないか。背を向けて逃げられるか。手に汗がにじんだ。

「見逃してちょうだい。二度と現れないから」

「う、ウニは本当にペア人なんですか？　成長障害とかじゃなくて？　ウニは普通の人間です。見るからに普通じゃないですか。うちの子を、下ろしなさい」

彼が白蠟《はくろう》のように蒼白《そうはく》な顔で私を見て声を荒らげた。銃を持つ手が震えた。あの様子では、発砲したって弾がそれるかもしれない。子供を放り投げてうろたえさせてからドアをこじ開ければ逃げられるだろう。

「ペア人は、もともとゆっくり育つの。一つ年を取るのに人間より十倍、二十倍の時間がかかるんです。何も迷惑はかけませんから。チョンヒ、このまま見逃して。お願い」

チョンヒが夫の横に立ち、何を考えているかわからない眼で私を見ていた。

「あんたは、いくつなの」

心臓が狂ったように鼓動を打ち始めた。私はまつ毛に流れる汗を拭う代わりに、おくるみを持った手に力をこめ、できる限り冷静に言った。

「三百歳を過ぎた」

チョンヒの夫が、思わず息を呑んだ。チョンヒがまた聞いた。

「ウニは？」

「三、四十歳ぐらいかな」

「今までどうやって生き延びてきたの。ペア人が地球人より強いというのは本当？」

「いや」

私は銃を横目で見ながら首を横に振った。

「人間と同じよ。撃たれたら死ぬ」

「どうやって生き延びたの」

「……その方法を教えてもらったから」

チョンヒの夫が私、ウニ、そしてチョンヒを順番に見た。銃口が次第に下を向いた。私は脚の力が抜けるのを感じながら、急いで後ずさりした。その時、チョンヒが驚くほど静かな口調で言った。

「うちの子にも、教えてやって」

「え？」

「生き延びたんでしょ。ウニは置いてって。うちの子だから。あたしの娘だから。あたしたちがいなくなってウニ一人になった時には助けてほしい。教えてやって」

「チョンヒ」

沈黙が空気を揺らし、ウニが眼を覚ましてむずかった。チョンヒの夫が息を呑んで、話し始めた。

「ウニは私たちが守ります。今はね。私たちがウニの親です。誰に育てられているかなんてウニにはわからないだろうけど、何としてでも……」

私は二人の異星人の顔を凝視しながら、十万日以上の歳月を過ごしてもまだ完全に理解できない彼らの感情について、数百万人に銃を向け、地面を血で染めた後も、自分たちが死ぬまで少しも成長しないはずの子供を育てようとする人たちの人間性について考えた。そして私の夢に現れる、そんな異星人たちの顔を思い浮かべた。

「ウニもわかってます」

私はチョンヒに一歩近づきながら、ささやくように言った。

「ペア人は何も忘れない。何百年、何千年が過ぎても」

チョンヒがゆっくり子供を受け取り、これまでずっとそうしてきたように、私と目を合わせた。

「そうなのね」

チョンヒの夫は握っていた銃を力なく落とし、妻の肩を抱いた。

馬《マ》山《サン》沖

故郷はどこかと聞かれれば、釜山《プサン》と答える。それは母の故郷だ。そして好奇心の強い人がそれ以上聞く前に、「故郷と言っても、高校からソウルだったから、たいして覚えてもいないんです」と、きれいなソウル言葉ですかさず付け加える。

私が実際に生まれ育ったのは馬山だ。そう、馬山と言えば誰もが興味津々の、かの有名な馬山沖を目の前にした村だった。死者の漂う所。生の残ったエネルギーが、水面に揺れる所。

人が死んだら海に行くというのは、特に目新しい話ではない。人口密集地に隣接した海底には、水に溶けた二酸化炭素が放つサイダーの泡みたいに、亡者の残滓《ざんし》をぶくぶくと湧き上がらせる起点があるものだ。普通はかなり水中深く入らない限り、実際に泡を見ることはできない。それでも、ほとんど波のない浅瀬に、ときどき大きな塊みたいな残滓が漂っていることがあるのだが、そんなふうに密集した残余エネルギーが、近くに集まった人たちのエネルギーと反応して〈リンボ〉を創り出す。架浦《カポ》からトッソムという島に至る馬山沖は、わが国にあるただ一つのリンボであるのみならず、その状態が安定しており鮮明に見えることで世界的に知られた場所だ。

子供の頃は、ただ面白かった。大人たちは遊び場で遊んでなさいと言ったけれど、私たちはよく家から小さなシャベルやプラスチックのバケツを持ってきて、海の近くに遊びに行ったものだ。そして鉄条網の前にしゃがんで水面に浮かぶ人の顔を数えた。何人見えるか、お互いに当てっこしたりもした。六つか七つの子供に見える顔など、どれほどもなかったけれど。意地悪な子供たちは遊び場からすくってきた土を海にまいたり、意味もなく石ころを投げて水切りをしたりした。遠いどこかを見るようにぼんやり立ち尽くしたあげく、大切にしていた小さなボールや手紙、マンションの近くでこっそり摘んできた花なんかを投げ入れる子もいた（二日に一度、そんながらくたを回収するのは、馬山市環境衛生課の仕事だった）。でも水はしょせん水に過ぎないから、私たちはすぐに閑散とした海に飽きてしまい、遊び場に戻って泥だんごやままごと、すべり台のついたジャングルジムで、日が暮れるまで遊んだ。

教科書にも載っている自然現象とはいえ、青緑色に揺れる水の上に記憶の中の顔がはっきり浮かび上がるのを初めて実際に目にする衝撃は、決して小さくはない。馬山で幼年期を過ごした人たちに、何が一番印象的だったかと聞けば、十人のうち八、九人は、初めて馬山沖で知り合いの顔をはっきり見たことだと答えるだろう。私たちには、初めての死が、初めての恋よりも先に訪れる。旬のリンゴをひと口かじってからマクワウリを食べると味が薄く感じられるように、最初に目にした死者の顔は、その後に見るどんな死者の顔よりも強烈な印象を刻みつけた。そうして私たちは、特別な税制優遇措置を受けつつ福祉および環境分野全国一位の優秀地方自治体に暮らすことの代価が何であるかに気づいた。

私が最初に見たのは、同じマンションに住んでいた一学年上の女の子だった。自転車に乗って海辺を走っていた女の子二人が、倒れたのか滑ったのかして、海に落ちた。〈地理的特性〉のおかげで、死体が見つかる前に死亡事故だとわかった。鉄柵を設置すべきだという意見が毎年出されていた、人通りの少ない所だった。私は両親のいない隙をついてこっそり海辺に行き、ざわざわと集まっている人たちの間から、やっとのことで馬山沖を見た。女の子はそこで静かに揺れていた。六〇五号室のおばさんが、身をよじって泣き叫んでいた。顔見知りの近所の大人たちが、おばさんを引き留めていた。何人かは顔をそむけた。私は周囲を見回し、彼ら一人一人がその瞬間にそれぞれ違う海を見ていることを、霧がかかったように曇っていた昨日までの私の馬山沖と、私が将来見る馬山沖が、決して同じではないことを、いつか必ず、今、私の周りにいるすべての人たちに、海の中からそうして向かい合うだろうということを、身にしみて悟った。たかだか十一歳の子供の考えだったけれど、その十一年は、その時の私の一生だった。

私は柱みたいに海辺に立ち並んだ脚の間を抜けて家に走った。そして日が暮れて騒ぎが治まり、戸締りした玄関のドアを開けて両親が入ってくるまで、布団を頭の先までかぶってじっと横たわっていた。

あの子は私のことが好きだった。大人になってから、「今になって考えれば……」と思ったのではない。当時もはっきりわかっていた。理由は何であれ、あの子も私のことが好きだったということを。あの子の気持ちは、蓋がちゃんと閉まっていない味噌《みそ》がめから漏れてくる匂いのようなものだった。漠然とした憧れと切実な愛情と不可解な欲望が、不器用に閉めた思春期という蓋の隙間から漂い、私は夏の太陽の下でうなりながら飛び回るハエのように反応した。私と同じような身体が気になった。肌と肌の触れ合う感触が知りたかった。心と心が触れ合うような、心地よい感覚に浸った。日差しは熱く、私たちは十五歳だった。社会一般を理解するぐらいには大人だったが、タブーに魅了されるぐらいには幼かった頃。

「ヒョナ、ニュース見た？」

傘のしずくを振り払いながら入ってきた私に、母が聞いた。

「ニュースって？　雨がすごいよ」

「ま、馬山に台風が来て、被害がすごいんやて。うちらが住んでたマンションの駐車場も浸水したし、けが人もたくさん出たって。こんな大雨になって、えらいことやわ」

私は傘をベランダに広げておき、肩が濡《ぬ》れたカーディガンを脱いで室内用物干し台にかけた。

「あの駐車場が浸水するほど降ったの？　ハリケーンが来る地域でもないのに、どうしたのかな」

「ほんまやわ。ニュースを見て、チョンファの家に電話したけど出えへん。今、電話が不通になっている所が多いんやて」

ガスコンロにやかんをかけてテレビをつけた。住宅の屋根や自動車がぷかぷか浮かび、電信柱が垣根のように突き出ていた。泥水の満ちた都市は、馬山ではない別のどこかだと言われても不思議に思わないほど無表情だった。大雨が降ったうえに波が高く、海水が町の中心部にまで流れ込んだという。画面の上の方に、〈台風二十四号速報〉という文字がぐるぐる回っていた。下の方には青地に〈死者二名、行方不明者七名〉という白い字が出た。私はテレビに背を向け、ベランダの窓辺に立って雨粒が落ちてゆく駐車場を見下ろした。その時、携帯電話が鳴った。

「ヒョナ先輩？」

「うん、何か用事？」

「ひどいな。用事がなければ電話しちゃいけませんか？」

「チウォンったら」

「はいはい、わかりました。ほら、何日か前に先輩が見たいと言ってたゾンビ映画があるでしょ。好きな俳優が出てるっていう……。一緒に見に行きたくて電話したんです」

「こんな大雨なのに？」

「今日じゃなく、今度の週末にでも。雨は木曜には止むんですって。土曜の夕方、空いてますか？」

「……」

「あの、先輩、私と二人だけで行くのがいやなら、うん、どうせ月末に研究会があるじゃないですか。今月は映画を見に行くことにして、ヘソンやウノや……新入生たちも呼んで一緒に行ってもいいし」

「……」

「新入生も一緒に映画を見たりご飯を食べたりして、ちょっと仲良くならないといけない時期でしょう？　チェグクなんかは入会してだいぶ経つのに、まだ人見知りしてるじゃないですか。だから……」

「コミュニティのお知らせにアップして参加者を募ればいいね」

「先輩！　私は先輩と二人で見たいんです。でも先輩がいやなら、研究会のみんなと一緒でもいいと思って言ってるんですよ。先輩と一緒に行きたいから」

「まだ予定がどうなるかわからない。明後日にでも相談しよう」

「ヒョナ先輩、私は……」

「あ、お湯が沸いてる。お茶を飲もうと思ってたところなの。じゃ、またね」

私はチウォンがまだ話し続けるのではないかと思い、すぐに電話の電源を切った。そしてインスタントコーヒーを出しかけたが、また電話を持ち上げて電源を入れた。チウォンは同じ学科の研究会に所属する後輩だ。顔は知っていたけれど、実際に口をきいたのは二年生の二学期の終わり頃だった。となりの席に座ったから、「一年生ね？　チヒョンだったっけ？」と言うと、チウォンは寂しそうに言った。

「チヒョンじゃなく、チウォンです。カン・チウォン」

私はぎこちない微笑を浮かべ、本当はずっと前から知っていたとは、言わなかった。

雨が窓を打ちつけた。リンボの海の水は、他の海と同じだ。海水が町まで流れてきても、町に住む人たちの足元に人の顔が漂うことはない。リンボの水を汲んで水槽に入れても、懐かしい人の顔は入らない。それでもリンボの水を汲んでゆく人たちが、必ず一人か二人はいた。夜にこっそり馬山沖の土を掘って捕まった人もいた。

しかし誰もが知っているように、リンボを出現させるのは海水や亡者たちではなく、その傍らに暮らす人間たちだった。馬山にサッカースタジアムができたのも、アジア大会をわざわざ馬山で開いたのもそのためだ。それでも大雨の降る日や波が少し高い日には、町は落ち着きを失った。今頃、そこに住む人たちは窓に鍵をかけてカーテンを閉め、平気なふりをしながら夕食の支度をしているのだろう。

「ときどき、あたしたちはゾンビみたいだと思う」

秋雨がしとしと降る夕方、一緒に校門を出る。風にあおられた軽い雨粒があの子の顔を濡らす。あの子は濡れた髪を耳にかける。私は思わず手を伸ばして、あの子の眼鏡をはずす。

「何するの」

「濡れてるよ。拭いたげる」

私はくしゃくしゃの眼鏡拭きをポケットから出す。軽いため息。腕に感じる温かさ。

「あたしが眼が悪いの、知ってるくせに」

私はゆっくり、とてもゆっくりと眼鏡のレンズについた水滴を一つ一つ丁寧に拭きながら聞く。

「ゾンビって?」

「生きている死体のこと。雨の降る日には、特にそう思う。あたしたちはリンボに住む人々を生かすための死体じゃないかと……。そんなこと言ったら、叱られるだろうね」

埃一つない眼鏡を、あの子の手に持たせる。

「ゾンビは温かくないじゃない」

私の腕をつかんでいた手から、力が抜ける。高く、わざとらしい笑い声。そして頬から全身にゆっくり広がる、不安な温かさ。

そのニュースに接したのは、木曜の朝、混雑した地下鉄の車内でカバンを抱きかかえ、前に座っている人が持っていたフリーペーパーを覗き込んだ時だ。どの新聞も、馬山の台風に関するニュースが一面トップだった。雨はよく降るけれど波はあまり高くならない地域であるために十分な備えができておらず、被害が大きくなったと書かれていた。数十年ぶりに更新された、最多降雨量だった。町中まで流れてきた海水はだいぶ引いたものの、正確な被害規模はまだ集計されていないらしい。

その中でも、新《シン》馬山のテッコリで起こった事故が、木曜午前のトップニュースだった。商店街の建物の地下が水に浸かったのだが、壊れた家具で出入り口が塞がれたせいで、すぐに脱出できなくて多数の死傷者が出た。死傷者の大部分は品物を運び出そうと地下に入った若い職員や、アルバイト職員だった。遺体の収容作業を進めてはいるが、あまりにも出入り口が固く塞がれているため難航しているという。前に座っている人が、新聞をちょっと持ち上げた。下の段には、なじみの商店街が変わり果てた姿で写った写真があり、その横に死傷者名簿があった。

キム・ウニョン（二四）、キム・チュソン（二二）、キム・ヒョンジン（二五）……。

キム・ウニョン（二四）？　見過ごしてしまうところだった。前かがみになってもう一度見た。キム・ウニョン（二四）。

瞬間、カバンを持った手の力が抜けた。キム・ウニョン。ありふれた名前だ。私の中学校だけでも三人いた。フルネームでも区別がつかないから、小さなウニョンとか大きなウニョンとかいうふうに呼び分けていた。そこにイ・ウニョンやチェ・ウニョンまで合わせれば、馬山市内だけでも同じ年頃のウニョンは十人以上いたはずだ。二十人以上かもしれない。私は箱の蓋を縛った縄にでもすがるように、カバンをぎゅっと握りしめた。かすかな記憶が、一度に溢れた。

好き。ほんとに。手。腕。同じクラスになれればいいな。肩。くちびる。あたしたち変だわ。どうしてそんなこと言うの。あんたたちすごく仲いいね。どうしてこんなに遅くなったの。温かさ。ゾンビは温かくないじゃない。あんたが最初に見たのは誰。いつかはあたしたちも海の中で出会うのかな。頰。あご。胸。

忘れようと努力し、はっきり思い出せない感情の残滓だけが残っているためにいっそう汚い、過去の物語。混雑した車内に立っている人たちの体温で息が詰まった。

大学の最寄り駅で降り、あわてて教室に飛び込んだ。まだ誰もいない教室で扇風機の風に当たりながら何分か座っていると、少し落ち着いた。汗が冷えて、ぞくっとするような感じもした。私は専門書を出し、普段はやりもしない予習をしようと本に気持ちを集中させた。他の学生が一人、二人と登校してきて、先生が来て出席を取り、講義を始めた。一時間が百年のように過ぎた。昼食時間になると、私はくたくたになっていた。騒がしい学生食堂のあちこちから事故の話が聞こえてきた。

「若い人が多かったけど、気の毒だね」

「あんな大雨の降る日にアルバイトの子たちを地下に行かせるなんて、どうかしてる」

「まさかああなるとは思わなかったんだろ」

「とにかく、死んだ人たちが可哀想だ」

「あの前にあるリンボ、見たことある？」

「うう、気味悪いだろうな。親はこれからどうやって生きていくんだろう」

私は半分も食べられなかった昼食のトレーを押しやり、カバンを持った。

「先輩、ヒョナ先輩！」

向こうの方から誰かが急いで近づいてきた。歩き方で、すぐにわかった。チウォンだ。

「こんにちは」

「あ、こんにちは。先輩、この間話した、土曜日の映画のことですけど。新入生はウノ以外、みんな行くそうです。先輩は昨日、科の学生控え室にも来なかったし、ちょうど先輩を見かけたから……」

　私は自分の眼の高さよりちょっと上にあるチウォンの顔を見つめた。学内のＬＧＢＴ人権サークルの一員でもあるチウォンは、一年生の時に学内で発行する非公式の雑誌に四コママンガを何度か描いていた。

　娘は箸でおかずをつまみ上げ、母親の顔色を見ながら聞く。ママ、最近は男同士や女同士で恋愛する人がいるっていうじゃない。どう思う？　母親は、食欲が失せると言いたげな眼で娘を見る。頭おかしいんでしょ。太いボールペンで描いたような母親の眼、眉。箸を持ち上げたまま止まった手、ぶつかり合わない視線。自分で経験しない限り決してわからないはずの、ひそやかでかすかな、一瞬の挫折。

　マンガを描いたのが同じ学科の後輩だということは、すぐにわかった。

「ほら、あの子、同性愛者だって」

　同級生が大教室で私の脇腹をつついて、大変な秘密でも教えるみたいにささやいてくれたおかげだ。

「カミングアウトするなんて、すごいよね。高校の時からそんな関係の活動もしてたらしいよ。あたし別に偏見を持ってるわけじゃないけど、うちのクラスでなくてよかったと思う。妙に気まずくなるじゃない」

前から二列目、長い髪を高校生みたいに一つに束ねた頭が眼に入った。そう、私は挨拶される前からチウォンを知っていた。チウォンという名も、乱視の眼鏡をかけて、いつも前から二列目か三列目に座ることも、いらいらした時に肩を揺する癖があることも、気分のいい時は声が高くなることも、他の人たちが〈誤解されそうだから〉チウォンをちょっと敬遠していることも。私はチウォンを見るたび、馬山沖とかすかな熱を思い出し、あの時の私には勇気がなかったし、今もないと思った。

「うん、昨日も今日もずっと忙しくて。映画も無理みたい」

私は生返事をして、手ににじんだ冷や汗を拭った。頭の中に波がうねり、津波が起こった。

「先輩、ひょっとして私が前に言ったことを気にしているんじゃや……」

ひと月ほど前、チウォンは私に、好きだと言った。いつになくもじもじしているチウォンに向かって私は、どうしてわかったのと間抜けたことを言った。何のことだと聞き返すことも、あきれたふりをして聞き流すこともできなかった。まるで歯を磨いた後に飴玉《あめだま》をこっそりなめていたのがばれた子供のように、ぼんやり聞き返した。どうしてわかったの。チウォンは安心したように笑ったけれど、見抜かれてしまった私の心情まではわからなかったらしい。

「それは、考えてみると言ったじゃない！」

私は自分の声に自分で驚いてすぐに口をつぐんだ。

「先輩、どこか具合が悪いんですか」

チウォンが驚いたようにたじろぎ、後ずさりした。めまいがして、目の前に白く泡立つ波のようなものが広がった。

私は子供時代を馬山沖に捨てて上京した。釜山にある祖父母の家に行く時も、バスに乗れば四、五十分で行ける馬山に行こうとは思わなかった。友達との連絡も断った。つきあいのある友達も二人ほどいたが、ソウルに来てから大学で再会した人たちだった。今帰ったところで、知っている人はほとんどいないだろう。いくら考えてみても、確認する方法は一つしかなかった。卒業アルバムを見て誰かに連絡することはできない。誰にも尋ねられない。

「いや、大きな声を出してごめん。先に帰るよ。たぶん明日は学校に来ないから、研究会の子たちには、あんたから伝えてね」


金曜日の正午頃、私は馬山駅で降りた。空は青く澄み渡り、日差しが熱かった。街はまだ泥だらけで、さかんにトラックが行き交っていたけれど、リンボは入場できるように整備されていた。子供の頃は鉄条網のあちこちに大きな穴が開いていたが、リンボはもう、私の背より高いコンクリート壁に遮られて見えなかった。明るく笑う小さな子供、スッポンと雲、農楽を演奏している人たちなどを脈絡もなく描いた壁画が海岸線に巡らされていた。描かれてからそれほど経っていないようなのに、ところどころペンキがはげているのは、今回の台風で傷んだのだろう。

壁画の前に立てられた赤い表示板に従って、昔住んでいたマンションの裏の道を通った。「切符売り場」と書かれた青いブースがあった。入場料などを記した案内板が出ている。

入場料　青少年（満二十四歳未満）――二千ウォン
大人――三千ウォン
軍人および団体（二十名以上）割引――二千五百ウォン
入場時間　午前七時～午後五時半
＊子供は入場が禁止されています。食べ物は持ち込めません。＊携帯電話はマナーモードに。

「大人一枚」

窓口に顔を突き出し、五千ウォン札一枚を出した。

「はい。おつり二千ウォンです。ここは初めてですか？」

「……ええ」

「それなら、ここに案内文がありますから、ご覧下さい」

私はチケットと一緒にくれるパンフレットを、うわの空で手にした。

「どうも」

「あ、ちょっと。ちょっと待って。ひょっとして、架浦中学ちゃいますか」

「そうですけど」

「あんた、そこのマンションにいてたヒョナやろ。わあ、久しぶりやねえ。あたし、わかれへん？　スヒよ、スヒ。二年間も同じクラスやったのに覚えてへんの？」

私はひどく喜んでいる切符売り場の職員の顔と、その胸につけられた〈キム・スヒ〉という名札を、まじまじと見た。スヒ。何となく覚えている。おしゃべりな子だったな。

「ああ、わかるよ。久しぶり」

「ほんと。あんた、何も言わんと転校してったから、どれだけ残念だったか。今日は、どうしたん。台風でこの何日かはお客さんもおれへんよ」

「いつもは、たくさん来るの」

「まあ、修学旅行なんかが来たら、うるさいね。今日は入場客がほとんど来なくて退屈やった。何か用事があって帰ったん？」

「別に……。あのマンションの駐車場が浸水したというんで、気になって。事故がいっぱいあったから、心配だったし」

私は口から出まかせにしゃべった。嘘《うそ》をつくことには、妙に慣れていた。スヒは本当に私に会えてうれしいらしく、売り場の横のドアを開けて上半身を突き出した。

「そう、ひどかった。あんた、もうすっかりソウルの人やねえ。ほら、テッコリで事故があったってニュース見た？　あたしの友達の彼氏も──ああ、月影《ウオリヨン》高校に行ったキョンジェって知ってる？　あんたと同じ小学校やったはずやけど。知らんかな？　とにかくその子があそこで働いてたんやけど、あの日は土砂降りやったから怖くてサボって、助かったんやて。運が良かったんやね」

心臓がどきどきし始めた。そう、スヒは中学で私と同じクラスだった。そしてあの子と同じ高校に通った。

「うん、あたしも新聞で見た。けがした人の名前も出てたけど、ひょっとしてウニョンって覚えてる？　二年生の時、あたしたちと同じクラスだった……」

「どのウニョン？」

「キム・ウニョン。あたしと仲が良かった……」

「え？　あんたといつも一緒にいた子？　あの子、キム・ウニョンじゃなくて、キム・ウンギョンやろ。ひどいなあ。あんなに仲良くしてたくせに、名前も覚えてへんの。さっき言った、キョンジェとつきあってたのが、そのウンギョンや。ウンギョン。そう言えば、あんた、あの子の横に座りたいから席を替わってくれってあたしに言うたね。あんたが黙って転校したから、ウンギョンは何も言えへんかったけど、すごく寂しそうやったよ。手紙も出さんかったんやろ。ウンギョンは、この先にある慶南《キョンナム》大学の海洋学科に入って、トッソムで実習してる。あたしがここでアルバイトしてるから、最近も週に一回か二回は顔を合わせるね。あんたが来てるって聞いたら喜ぶよ。あ、それならウンギョンのお父さんが亡くなったのも知らんの？　ほら、市役所に勤めてはったやん。あたしらが高校二年生の時にトッソムに点検しに行って亡くなって、あの時は大変やった。ウンギョンのお母さんは引っ越すって大騒ぎして……。でもウンギョンがここで大学に通いたいと言うから、遠くには行かんと、昌原《チャンウオン》に引っ越したんやて。今日は台風の影響で船が出なかったけど、明日か明後日には来ると思う。せっかく来たんやから、会ってったら？　喜ぶよ」

頭がくらくらした。ウンギョン。ウニョン。ウンギョン。ウニョン。私はどれほど多くの記憶を、必死に封じ込めていたのだろう。どれほど忘却に陶酔していたのだろう。スヒがすぐにでも電話をかけそうなそぶりで携帯電話を手に取ると、私は水を浴びせかけられたように、はっとした。

「いや、いいの。どうせ今日の午後にはソウルに戻るから。久しぶりに会えてうれしかった。また後で話そう」

私は言葉を絞り出すように、やっとそれだけ言うと、あたふたと中に入った。岩壁にもたれ、眼を閉じて呼吸を整えた。眼を開ければ鉄条網と海があるはずだ。唐突に笑いがこみ上げてきた。私は喘《あえ》ぎながら、眼を閉じたまま泣き笑いを始めた。腹を抱えてしゃがみこみ、吐き出すみたいに笑いを吐き出した。喉が痛くてそれ以上笑えなくなると、涙を拭いて立ち上がり、鉄条網の間でゆらゆらしている海を、しばらく眺めた。

泥水にぷかぷか浮いた、かすかな顔、はっきりした顔。もう雨に打たれても濡れない、冷たい顔たちを数えてみた。いつどこで会った誰なのかわからない、そのたくさんの人、人、人。彼らを包む水の反映のような記憶。そしてまるで馬山沖の海中にあるみたいに、目の前に鮮やかに描き出される、まだ温かい顔。私は、痛む親知らずを抜く時の爽快感とは違う、かさぶたが取れた後のかすかな傷痕に感じる冷たい安らぎに満たされた。

私は携帯電話の電源を入れ、ずっと前から暗記していた番号を一つずつ押した。

「先輩!」

「チウォン、あんた、あたしのことを好きだと言ったよね」

私はじっと海を見たままそう言い、チウォンに話す隙を与えないまま付け加えた。

「一度つきあってみようか」

「先輩」

しばらくして、ためらうように言った。

「大丈夫ですか。私とつきあったりしたら、まるで歩くカミングアウトですよ。先輩は、ばれないように、すごく気をつけてたじゃないですか」

私はチウォンの問いに答える代わり、以前から聞いてみたかったことを質問した。

「チウォン、リンボを見たことある?」

「……リンボ? いいえ、馬山には高校の修学旅行で行ったけど、展示館だけ団体で見学して、海は見たい人だけ行ったんです。私はバスの中で寝てて行きませんでした」

「そう。あのね、あたしたち、うまくいかないかもしれないじゃない」

「先輩!」

「いや、もしもの話。これからどうなるか、誰にもわからないじゃない。もしあたしたちが互いに憎み合うようになっても、本当に傷ついても、どちらかが死んだら、残った人はずっとリンボで相手の顔を見ないといけないでしょ。はっきりと。思い出したくなくても、一生、その時のその姿を見るようになる。そう思ったら……怖くない?」

チウォンはちょっと考えるように息を吸い込み、低い声で笑った。

「そんな心配は、もう手遅れじゃないですか。怖がっても仕方ないですよ」

ああ、そうだな。

くすっと笑うと、腐った縄が切れたような気がした。

「大丈夫ですか」

チウォンがまた聞いた。私は海をまっすぐ見ながら、かれた喉を整え、一つ一つはっきりと話した。

「うん、もう大丈夫。長い間待たせてごめんね」

そして膝を何度も屈伸させ、手鏡を出して覗き込むと、私はコンクリート壁の外へ歩き出した。

帰宅

「卒業おめでとう」

高校の卒業式の前日、普段と変わりない夕食を終えた後のことだ。私が食器を食洗機に入れてからお茶をいれて再び食卓の前に座ると、母が小さな封筒を差し出した。骨董品屋《こっとうひん》にでもありそうな、本物の紙でできた封筒。両親は、期待のこもった眼で私を見つめていた。カップを置き、手を伸ばして封筒を持ち上げた。言いようのない不安が襲う。私は二人の視線を意識しながらゆっくり封筒を開く。かさかさと聞きなれない音がする。角がすり切れて、きちんと折ってあるのに清潔な感じのしない紙が一枚入っていた。こわばる指を無理に動かして紙を広げると、そこには、私が予想していたけれど期待はしていなかった文字が書かれていた。両親が反応を待っていた。私は気づかれないよう深呼吸して、ゆっくり顔を上げ、無理に笑顔を作って大きな声で言った。

「わあ、びっくりした。これ、なあに？」

母は眼を輝かせ、私の指先から今にも滑り落ちそうな紙を取り上げて食卓に広げた。

「地球にいる、あなたのお姉さんの連絡先。実は一昨年から調べてて、何カ月か前に、やっと連絡がついた。卒業祝いに取っておいたの。地球まで行けるかどうかは月で確認しないとわからないけど、月に行く定期船のチケットは買ってある。卒業式の二日後に出発して一週間後に戻ってくる日程よ。パパとママも一緒に行ければいいけど、このところ嵐が頻繁に起こるから、そんなに長く観測所を空けられないし……。月に着いたら、あたしたちの代わりに火星移住管理所のスタッフが面倒を見てくれるの。最近、そんなプログラムができたんだって」

父がなぜかほっとした表情で、私の顔色を見ながら付け加えた。

「いいだろ？　お前がどれくらい覚えているか知らないが、知りたがってるんじゃないかと、ずっと気になってた。十七歳は適当な年齢だと思ったし、最近は地球と月の関係が以前よりずっといいらしいから、安全に旅行できそうだ。もちろん、気が進まないならもっと先に延ばしたって構わないんだよ」

私は、私とは色の違う父の眼を直視できず、食卓に置かれた紙に視線を移した。地球、お姉さん、本当の家族。すぐに収まる砂嵐のようにはるかで漠然としていた過去が、手に触れられる物となって現在に置かれていた。私は眼を閉じて息を呑み、顔を上げた。

「うん、行ってみる。ママ、パパ、気を使ってくれて、ほんとにありがとう」

四年は長い。私は地球で三年暮らし、一年を宇宙船や施設で過ごした。これまでの人生の約四分の一だけれど、その記憶はそれに続く四分の三の期間に見たり習ったりしたものによって継ぎ合わされた、ぼろぼろの衣服だ。あの時何が起こったのか、私は中学に入ってから教わった。地球と月の間の政治的緊張が頂点に達した時、原因不明の大爆発で地球にあった居住ドームが多数大破した。惑星史の授業で、巨大な半球が裂け重い破片が飛び散っている映像を見た。私と同じような姿をした人たちが、見慣れない構造物の間を入り乱れて走っていた。人や交通機関、崩れた建物、煙、炎が一つの塊になって燃え上がっていた。私は自分の身体を強く引っ張っていた手や、廃墟の片隅に潜んでいた寒い夜を覚えているけれど、それがすべて自分の記憶なのか、毎年授業時間に見た資料が作り出した幻想なのかは、自分でもよくわからない。

この事故で多数の地球人が死んだり負傷したりした。月の牽制《けんせい》によって宇宙開発にほとんど参加できなかった地球には最新式の大型旅客船がなかったから、生き残った地球人たちは一隻に数百名しか乗れない古い宇宙船を引っ張り出してきて、中立地帯である火星に向かった。

およそ一年の間、火星に難民船が落ち続けた。多くの難民船が着陸途中で爆発したり、不時着する時に破損したりした。長い航海の途中、劣悪な環境で死亡する人も少なくなかった。正確な人命被害規模は、まだ把握できていない。

火星と月には彼らを追悼するための記念館がある。高校一年の時、学校から二時間の距離にある記念館に団体見学に行った。航海の途中で捨てられた遺体から回収された衣服、不時着した難民船からはがしたという巨大な鉄片、難民船が落ちた位置を表示した火星の模型などが展示されていた。宇宙に捨てられた遺体があまりにも多いので、火星から清掃船を打ち上げて収容しなければならなかったそうだ。私たちは記念館の講堂で、惑星史の授業時間に何度も見た地球の悲劇を、もっと詳細に説明した映像資料を全員で視聴した。引退した清掃船長が、自分が初めて収容した八歳ぐらいの地球の少年の遺体について話した。涙を流す子もいたし、上映が終わると上気した顔で私の所に来て、あのとてつもなく大きくて強烈な悲劇を覚えているかと聞く子もいた。私は火星人と違う骨格、低い背丈、砂交じりの風をうまく防ぐことのできない一重まぶたのせいで、悲劇のヒロイン、幸運な生存者として注目されないわけにはいかなかった。私はいかにも真剣な顔で首を横に振り、目の前で見たものすごい爆発を劇的に描写している地球出身の記念館スタッフに眼を移した。

私の部屋のクローゼットの片隅に置かれた箱には、私が難民船を降りる時に着ていたという色あせた衣類が入っている。突然増加した人口を管理するため、火星政府は六歳未満と六十歳以上の難民を民間家庭に委託し、税金を減免する政策を導入した。難民船が不時着した場所に近い居住区域に住む人たちは、たいてい自発的にこの政策に応じた。両親は四歳の私を引き取り、私が七歳になると、地球人居住地に送り返す代わりに養子縁組をすることに決めた。私の四年間を物語るのは、爆発の時にけがをしたのだと母が言っていた耳たぶの傷痕と、クローゼットの片隅に隠すように置かれた箱がすべてだった。つい昨日までは。

母から渡された紙を指先で開き、机の上に載せた。宇宙港で検疫を通ったのだから何も付着していないはずなのに、手で触れるのがためらわれる。地球語辞書にアクセスし、紙に書かれた単語を一つずつ検索してみた。火星と月で使われる共用語が地球語に由来しているとはいえ、さまざまな地球語をちゃんと理解するのは、平凡な火星人にはほとんど不可能なことだ。中学二年生の時、外国語の先生は、私が地球語のテストで悪い点を取るのが理解できないと言って私を呼び出した。そして私をじっと見つめ、ふと哀れむような表情でうなずくと、私の頭をなでた。私はただ、地球語を含め、言語にあまり才能も興味もなかっただけなのに。

紙に記された単語は、辞書検索でうまくヒットしなかった。私は意味を調べるのを諦めて発音を調べ、〈お姉さん〉の連絡先を発音記号どおりに読んでみた。一番上に書かれているのが名前らしい。喉につかえたようにぎこちなく発音される単語だった。活動服を着用しないで砂嵐を浴びたみたいに喉が詰まり、私は紙を、机の上部を覆ったスクリーンの端に押しやって椅子から立ち上がった。月には中学の卒業旅行で行ったことがある。人工居住地であるという点では火星と同様だが、ずっと以前に開発されて施設が充実しているから、身の回りの物だけ持っていけばいいだろう。荷物を詰めようとしてクローゼットを開けると、小さな箱が眼についた。


「いらっしゃい。月は初めてですか」

月人《つきじん》らしくすらりとした男性が私の肩を叩いて挨拶し、ぷつぷつと切れるような共用語で聞いた。私はおずおずと手を伸ばして挨拶に応え、二度目だと言った。

「そうですか。まあ、火星の子は、よく団体で旅行に来るから……。いくつの時に地球を離れたか、覚えてますか」

「三つの時です」

「ふーむ、それなら、ほとんど覚えてないでしょうね。今は地球と月の間にも定期船があるから、もしあちらのご家族も再会を望むなら、明日か明後日、定期船に乗ってくるはずです。お宅のご両親が地球人家族の連絡先を調べて渡航費用も負担されるということなので、おそらく家族に会えるでしょう。身元照会は通っています。軍人のようにややこしくはないし、民間人だから、まあ大丈夫でしょう。何日か待たないといけませんが、あまり緊張したり心配したりしないで、学校から来た時に見られなかった所を見物しながら気楽に過ごして下さい。地球語はできますか」

「いいえ」

「ちょっとできればいいのに。僕が通訳はするけど……」

彼が首をかしげて自分のうなじをとんとん叩き、話を続けた。

「基本会話をいくつか送りましたから、時間のある時に読んでみて下さい。いざ会った時に言葉が通じないと、すごくいらいらするんです。そういうケースも実際に見たし……一つか二つだけでも暗記しておくのがいいですね」

動いていた道路が止まり、宿舎の門が開いた。火星とは違って月ではすべてが――人間までも――高くそびえ立っているためか、裕福な感じがする。ひょっとすると、ただ単に今の気分のせいなのかもしれないが。私が何げなく左の耳たぶを触ると、移住管理所の職員が妙に気を回して付け加えた。

「心配ありませんよ。最近の雰囲気は悪くないし。いつどうなるかはわからないけど、今は大丈夫です。地球には行けませんが、月は安全だし地球出身者も多少はいるから、火星と同じように気楽に出歩いて下さい」

ベッドに腰かけ、移住管理所の職員が送ってくれた基本会話のリストを開いた。共用語、地球語、発音記号の順に記された文章が二十ほど現れた。こんにちは。お会いできてうれしいです。お元気でしたか。私は元気です。会いたかったです。ありがとう。ごめんなさい。愛しています……オーディオをつけ、全体をリピート再生してみた。何度も聞けば、ばらばらの記憶のどこかがつながって、まるで以前から地球語がわかっていたみたいに、いつか聞いた言葉を思い出すように理解できるかもしれないと思ったのだ。でも、何度聞いても何も思い浮かばない。私はオーディオを切り、枕に顔を埋めた。

惑星史の時間に、居住ドームができる以前、地球の旧大陸では言語によってアイデンティティーを確立していたと習った。私たちは各居住区域の住民の間や、火星人と月人の間の共用語の発音の違いもこのようなアイデンティティーを表わすかどうかについて討論した。当時、私のクラスには東部から引っ越してきた女の子がいた。居住区域間の移動はまれだからかなり話題になっていたが、その子は洗練された歯切れのいい話し方で、発音やイントネーションの違いは個人のアイデンティティーと無関係であると力説した。私はその勢いや背丈に圧倒され、そしてちょっと恥ずかしくて何も言えなかった。

外見は違っても、両親と同じような発音で同じような話し方ができることは、私にとって少なからぬ慰めになっていた。誰にも話したことはないけれど、まだ正式に養子縁組をしていなかった六歳の時、私は自分の部屋で鏡を見ながら、両親の話し方や身振りをまねる練習をしていた。腕につけたコントロールパネルを握る時、左にちょっと傾けてから右側に半周回す母の習慣や、長話をする前には何度か瞬きする父の癖をまねしながら時間を過ごした。私は今まで誰も――両親も――このことを知らないでいると信じたい。

三日後、移住管理所の職員から再び連絡が来た。前日に私の〈実のお姉さん〉が地球で保安検査場を通過して定期船に乗ったから、午後に面会できるだろうという。彼の軽快な声が、部屋に響いた。

「だから、心配ないと言ったじゃないですか。基本会話は全部、暗記しましたか？　何をしゃべるかも考えてますか？」

私は自分が何を心配していたのかもわからないまま、曖昧《あいまい》に首をかしげた。私はどうしてここに来たのだろう。そして、三つの時に別れた実の姉に会って、いったい何を確認するというのだ。両親は初めから私の過去に関連する資料をきちょうめんに集めてきた。いつか知りたくなるかもしれないと。覚えていない時期もお前の人生の一部だ、いつか説明を聞きたくなる日が来るかもしれないから、捨ててはいけないと言った。

私はどうして両親があの箱の中の衣類や私の乗ってきた難民船についての資料を捨てないのか、理解できなかった。不思議そうな顔をして私と両親を交互に見比べる人たちの前で堂々と私の肩を抱いて、うちの娘ですと紹介しながらも、なぜ一方では私と同じ船に乗っていた難民に会い、今に至るまでずっと地球の離散家族データベースを、わざわざ確認してきたのだろう。

両親は確かに私を愛してくれているけれど、覚えていないから悲しくもないという私の言葉だけは信じてくれなかった。そんな時、私は火星の固い大地にしっかり建っている家の自分の部屋の床ではなく、クローゼットの中にある、私の体重に耐えられないほど弱く小さな箱の上に独りで立っているような気がした。

私が、どんな説明を求めているというのか。自分がどうして難民船に乗ったかということ？　三歳の私が、どうして独りでいたのかということ？　地球は混乱し、人がたくさん死んだ。私はその中で生き残った。過去についての説明は、それで十分だ。

移住管理所職員は大丈夫だと言ったけれど、面会場所は決して穏やかな雰囲気ではなかった。再び保安検査を経た後、透明なブースがずらりと並んだ広い空間に入った。ブースに入ると透明な壁の向こうに、他の人たちが重なって見えた。地球出身らしい人が多かったけれど、月人たちも何人か交じっていた。顔を引きつらせた人たちを見ながら、私も今、他の人の眼にはあんなふうに緊張して見えるのだろうかと思った。月の構造物にしては珍しいほど広いせいか、ここでは私が小さいというより、この空間が大きいという感じがした。私が小さいのではなく、過去があまりに巨大で、あまりに遠かった。

私のブースの透明な仕切りの向こうに、若い女性が二人入ってきた。二人とも私より年上に見える。変わった服装の女性にまず目を引かれたけれど、その女性は仕切りの前まで来ると、すぐに立ち去った。横で移住管理所の職員がささやいた。

「地球人は厳重に管理されるんです。私に引き継ぐまで保安要員が同行するのが原則です」

ちょっと虚をつかれたような気分で、月人風のこぎれいな正装をした女性に視線を移した。眼が合った。彼女は仕切りの方に伸ばしかけた手を引っ込め、口を開いて何か言った。

「こん……にちは」

私はこの数日間何度も繰り返して聞いた、その簡単な地球語を、やや遅れて理解した。彼女の顔をじっくり見た。私より五、六歳年上に見える。私と同じくらいの背丈で地球人の一重まぶた。毛先をきれいにカールした細い灰褐色の髪、整った顔立ち。手首につけたパネル、左の耳に光る銀のピアス。その時になって私は、まるで歴史の教科書から出てきたような、ついさっき廃墟を脱出してきた、みすぼらしく埃だらけの少女を思い描いていたことに気づいた。そんなはずはないのに。目の前にいるのは、私が火星人らしく装い火星人らしい思考をする火星人であるのと同じように、爆発の日を十四年前に置き去りにして生きてきた娘だった。

横で移住管理所の職員がささやいた。

「挨拶しなきゃ」

「ああ」

私が気を取り直して口を開いた。習慣どおりに共用語を使おうとしたが、ふと思い浮かんだ地球語で答えた。

「会えてうれしいです」

私と同じように仕切りの向こうでこちらをじっと見ていた女性は、瞬きしたかと思うと、涙を流し始めた。

「背が高いのね」

私に話すことを準備してきたのか、何度も涙を拭い、手に持ったくしゃくしゃの紙を覗きこんでいた姉が、喉に引っかかった息を吐き出すようにして、かれた声で言った。生まれて初めて背が高いと言われた私は、眼をぱちくりさせてぎこちなくうなずいた。姉は落ち着こうとするように胸をじっと押さえ、視線を半ば移住管理所の職員の方に向け、単調に聞こえる地球語で話し始めた。

私が難民船に乗ったのは十四年前で姉は六歳、私が三歳だった。私には両親と姉二人、兄一人がいた。一家が住んでいた所は居住ドーム爆発地域からかなり離れていたし私たちが小さかったから、両親は当初、避難するつもりはまったくなかった。爆発による騒ぎや混乱が拡大した後に避難し始めたので準備ができておらず、両親は騒乱に巻き込まれて亡くなった。上の姉は途中で別れたが、惨事の数年後に作られた離散家族データベースに死亡者として名前が出ていたそうだ。

私を難民船に乗せたのは兄だ。最も幼い私を乗せ、二番目の子である兄が三番目である姉と一緒にいるのが最も安全だというのは、兄の判断だった。その頃、月では地球人の乗った難民船を爆破するかもしれないという噂が広まっていたために、兄は私の耳たぶについていた地球人IDをむしり取った。今思えば、旧型の宇宙船を見ただけでも地球のものだということが明らかなうえ、容姿も月人や火星人とは違うからIDを取ったところで意味はないのだが、当時十一歳だった兄は、せめてそれぐらいはしないといけないと思ったのだ。この話は完全に姉自身の記憶だというより、兄から聞いたことが混じっているという。

触るのが癖になっていた耳たぶの傷痕は、歴史的な爆発の痕跡などではなく、記憶にない家族と私を結ぶ絆《きずな》だった。私はその話を聞きながら、いつものように耳たぶを触った。消えないその傷痕の背後に、私が忘れてもどこかで誰かが覚えている過去があった。

兄と姉は他の難民船に乗ろうとしたものの席がなく、それで避難の行列に従ってドーム外郭に行き、事態が鎮静するのを待った。その後の地球の状況は、「おそらくあなたの知っているとおりだと思う」。姉は落ち着いて話を締めくくり、両手を膝の上に載せた。

月で何日か過ごす間に、私の知っている地球人たちと別段違うところのない〈姉〉の口から、自分も知らない自分の話を聞くのは、不思議な感じだった。姉にとってあの時のことは、鮮明に記憶している、まだ終わらない人生の一部だった。記憶している者の確信と、その確信に基づいた強烈な感情は、仕切りを越えて私にも伝わった。いつかは説明を聞きたくなるだろうと言っていた両親の言葉を、私はやっと少しずつ理解し始めていた。二十歳の地球人の姿をした過去に向かい合ってようやく、私は自分の今日と明日を支えていた昨日が、いかに曖昧模《も》糊《こ》としていたかに気づいた。姉は涙声で、生きていてよかったという言葉を何度も繰り返した。私が彼女を見てもピンと来ないように、小さくて見失いそうだった末っ子が大人になって現れたことが、彼女にもピンと来なかった。正直、難民船に乗ってゆく途中で死んだと思っていたとも言った。私が一度も真剣に見たことのない子供服の裏地に家族全員の名前と年齢を書いたのは上の姉のアイデアで、とっくの昔になくなった姉の服にも、私の名を含め家族全員の名が書かれていたそうだ。

何を聞くべきか、まだ見当がつかなかった。姉が兄の安否に関する話題を出さないことに触れる気はなかった。私は、それぐらいには大人だった。少しためらい、今、お姉さんは何をしているのかと聞いた。姉はずっと居住地補修現場で働き、一昨年からは建物補修に関連した何かの勉強をしていると言った。通訳をしてくれていた移住管理所の職員が、空間の広い火星にはない形態の建築物に関する話だと説明してくれた。姉が私に、本当に地球語を一つも覚えていないのかと聞き、私は三日間繰り返し聞いた地球語で、ごめんなさいと言った。姉は涙を拭った。

火星人である私が地球に行くのはまだ難しい。月と地球の関係は、私の知らない複雑な問題によって良くなったり悪くなったりしているし、地球はまだ他の惑星人が滞在できるほど回復してはいない。それに、会話オーディオを聞いても地球語が思い出せず、姉を見ても奇跡的に記憶を取り戻すことができなかったのと同じように、いつか地球に行ったとしても、地球での生活や家族を思い出しはしないだろう。しかし、よく見れば単に地球出身だということ以上に私と似ている顔を仕切り越しに何時間も見て、沈む地球を月から眺めた後、火星に戻りながら、私は記憶がないことと、過去や、過去についての説明がないこととの違いについて考えていた。そして記念館を飾っていた、惨事、悲劇、苦痛といった大仰な言葉を思い浮かべた。見慣れた赤い嵐が吹き荒れる惑星を見下ろしながら、家族、理解、未来、回帰、前進について考えた。

宇宙船がゆっくり下降し、やがて止まった。宇宙港の到着ロビーに入ると、迎えに来ていた両親が、すぐに私を見つけて立ち上がった。父は何か言いたげに唇を動かしていたが、やがて私たちの間にある隙間を埋めるように、つかつかと歩み寄って私の手を握った。私の内部に冷たく沈んでいた空気がチューブのゼリーを押し出すように抜け去り、代わりにかすかな温かみが広がった。私は荷物をゆっくり下ろし、私よりずっと長く大きい父の手を両手で包んだ。

両親の背後で、高い窓の向こうに青い夕焼けが広がっていた。

となりのヨンヒさん

「こんな都心のオフィステル（訳注：住居とオフィスを兼ねたマンション）を、これほど安く借りられるチャンスはめったにないよ。地下鉄の駅やバス停も近いし、眺めもいいし、一階にはいろんな店があって、とても便利だ。問題は、となりにあんなのがいることだけで……。だけどそのおかげで治安はいいから、お嬢さん一人で住むにはぴったりだ」

スジョンは家主の言葉を聞き流し、からっぽの部屋を見回した。十四階の南西側にある大きな窓から、爽やかな午後の日差しが入っていた。家主の言葉は誇張ではなかった。小さなブックデザイン事務所に二年余り勤めて必死に貯めたお金で保証金は何とかなるだろうが、芸術高校で美術だけを教える講師の身分では、こんなオフィステルの家賃はとてもじゃないが払えない。となりに〈あんなの〉がいるために家賃がとてつもなく安くなっていなければ、この先もこんな部屋にアトリエを構えることはできないだろう。

仲介業者が家主に加勢して称賛の言葉を並べながら、スジョンの顔色をうかがった。〈彼ら〉の住む街が清潔で安全であることは誰もが知っているけれど、それでも彼らのすぐとなりの部屋や真下の部屋に住もうという人はいなかったようだ。一度見てみますと言っただけなのに、家主までが大喜びして自ら案内してくれるというのは、ともかく空き部屋にしておくよりはましだと思う気持ちの表れであるらしい。スジョンは内心、苦笑しながら、真顔で言った。

「部屋は本当に気に入ったんですけど、どうしても……おとなりさんが、ちょっと気になりますねえ。もう五万ウォンほど安くしていただければ……」

＊

「となりの部屋にあれが住んでるって？　怖くない？」

「怖いだなんて。見たこともないのに。普段は静かで、となりに誰がいるのかもわからないよ」

「あんたもまあ、大胆ねえ。あの……いかついおじさんたちがうろうろしてるんじゃないの？

〈彼ら〉は一人では行動しないんでしょ」

「ああ、その人たちは何回か見かけた。すごく深刻な顔でオフィステルの入り口を見張ってるけど、通り過ぎればそれまでよ。むしろ、安心できる。今まで泥棒なんか一回も入ったことがないんだって」

「あたしなら、壁の向こうにそんなのがいるってことだけでも怖いし、気味悪くて眠れないと思うな。まるでガマガエルみたいじゃない」

「人を取って食ったりはしないってのに、何がそんなに怖いの？　あたしは、半地下に住むのはもううんざりしてたから、脱出できただけでもうれしい。絵にカビが生える心配をしなくてもいいし。一度遊びに来れば、あんたも考えが変わるよ。お天気のいい日には鍾路《チョンノ》までひと目で見渡せる。日当たりもいい」

「うっ、招待しないで。行かないから」

　スジョンは電話を置き、地塗りをしている途中のキャンバスに目を向けた。スジョンが半地下の部屋で苦労しながら絵を描いていたことを知っている友人たちは、いい部屋を安く借りられたという話に、いちおう祝ってくれたけれど、訪ねてこようとはしない。芸術高校時代から一番親しかったウニまでが、「あんたって、のんきね」とあきれた。

「安全だとは言うけれど、政府の話を信じられる？　変なウイルスかなんか移ったらどうするの？　ともかく、見ただけでもぎょっとするじゃない」

〈彼ら〉が地球にやって来て、人々の間に交じって暮らし始めて数年が経った。ずいぶん前から「わたしたちの親切さを示しましょう」という公共広告がテレビで流されていたものの――スジョンの住むオフィステルの入り口にも横断幕がかけられている――実際には親切にするどころか、彼らをじっくり見る機会もなかった。スジョンも道で一、二度見かけはしたけれど、彼らは常に体格の良い黒ずくめの男たちに囲まれていた。荷物を持ってあげたり、道を教えてあげたりする必要があるようには見えなかった。となりの部屋に住んでいても、特に気を使うこともない。

ガマガエルに道を教えてやることを想像すると、笑えた。スジョンは笑いをかみ殺し、気が散ってしまったついでに、壊れたキャンバスの木枠をかついで部屋を出た。引っ越し作業の最中に壊れた木枠でひょっとしたら何か作れるのではないかと思って先週ずっといじり回したけれど、たいした成果はなかった。脇の下に挟むには長すぎるし、重い。木の棒を適当に背中にかつぎ、後ずさりしながら玄関を出て、ドアを閉めようと右手を前に伸ばした。

ガラガラガラ、ドシャン！

左手だけで支え切れなかった木枠が、ものすごい音を立てて背中から崩れ落ちた。たかが木枠なのに、落とした本人がびっくりするぐらいうるさかった。うろたえて振り向いている間に、ドアがばたっと閉まった。

「うう、引っ越し業者に、捨ててくれと頼めばよかった」

スジョンがつぶやきながら、しゃがんでバラバラになった木切れを集めている時、ドアの開く音がした。

ちょっと顔を上げると、〈彼〉がいた。首回りが奇妙に伸びた長袖のシャツ、中年のおじさんみたいに突き出た腹に引っかかったズボン……。彼がゆっくり身体をかがめ、自分の部屋のドアの前を塞いでいる木切れを拾った。彼が一歩近づいた拍子に、スジョンは尻餅をついた。こんなに近くで見たのは初めてだ。彼がスジョンに木の棒を差し出した。遠くから見ると両生類みたいにねとねとして見えたが、間近に見ると、でこぼこの茶色い皮膚には貝殻みたいに虹色に光るつやがあった。木の棒を受け取る時、指先が触れた。じっとりして冷たいだろうと思っていたのに、温かかった。熱く感じられるほどだった。触ってみるとゴム風船みたいに軟らかくて、ちょっとくっついてくる感じがした。

「え?」

頭上で、オウムの鳴き声みたいな声が響いた。スジョンは何げなく触っていた彼の手(と推定される部位)を、ぱっと放した。

「あら、ごめんなさい。これ、大きいから……一つずつ捨てればよかったのに、一度に片付けようとして、うっかり落としちゃったんです。大きな音で驚いたでしょう? えっと、私はとなりに住んでいる者です。ちょっと前に引っ越してきました。引っ越し挨拶のお餅はないけど、お茶でも飲みに来て下さい」

「はい」

スジョンは立ち上がりかけたまま、ぼうっと見上げた。彼がどこを見ているのか、見当もつかない。

「え……あ……つまり、お茶です」

「はい、お茶を飲みに行きます」

彼は持っていた木の棒を、スジョンがざっと集めた所に置いて立ち上がると、スジョンの部屋の方に動いた。スジョンは当惑したまま、ドアを開けた。ふと思いついた言葉を口に出しただけなのに、本当に家に来るなんて、こいつらはうわべの挨拶がわからないのか？　いや、これまで、口先だけででも、お茶を飲みに来て下さいと言った地球人はいなかったんだろう。あ、ひょっとして、黒ずくめの男たちがついて来たりしたら、どうしよう？

スジョンは思いがそこに至ると、頭がちょっとはっきりしてきた。ドアノブに手をかけたまま、振り返って聞いた。

「ところで、お一人で来ても大丈夫なんですか？」

彼の身体が少し動いた。

「はい」

彼がすっと部屋に入った。足に室内用のスリッパみたいなものをつっかけているのに、スリッパを引きずる音がしない。ひょっとしたら、見た目はスリッパでも、成分がまったく違う物体なのかもしれない。スジョンにスパイ映画の脇役のように廊下をさっと見てからドアを閉め、彼の後に続いた。部屋の構造が同じだからか、彼は迷いもせずにリビングルームに入っていった。

午後四時。傾き始めた冬の日差しが、窓の右側の壁を覆ったキャンバスを照らした。スジョン自慢の、百号キャンバスに描いた蓮の花だ。置き場所に困り、先輩の倉庫に入れてもらっていたのを、今回引っ越す時に持ってきた。折りたたみ式のベッドの上にしゃがんで描かなければならなかったからひどく肩が凝って、完成してからもしばらくつらかった。下塗りの上に紫に近いピンク色を塗り、花びらのしわを一つ一つ細筆で描いた。この部屋を初めて見た時から、この絵をそこに掛けたいと思っていた。

彼は部屋の真ん中に立って、絵をじっと見つめていた。その姿を見て、スジョンは最初に彼を見た時になぜひどくあわてたのかが、はっきりわかった。見た目が変わっているせいではない。奇怪ではあるけれど、彼らの姿は写真やテレビですでに見慣れている。本当の理由は、視線がどこに向いているか見当がつかないということだ。しかし今、彼は確かに絵を見ている。どこまでが顔で、その中でもどこが眼なのかよくわからないが、視線が絵に向いていることだけは確かだ。スジョンはその大きな身体をよけて部屋の隅に回り、流し台に置かれた電気ポットに水を入れた。

「えーと、玄米茶でいいですか？」

お湯が沸いても、しばらくの間は返事がなく、ちょっと怖くなってきた頃になって、彼が突然答えた。

「はい」

スジョンは引っ越して以来、一度も使ったことのない客用のティーカップを二つ出し、玄米茶のティーバッグを入れてお湯を注いだ。彼は立ったままだった。スジョンが小さな机にカップを置いて言った。

「お茶が入りました。座って下さい。椅子を持ってきましょうか」

そう言ったものの、彼が座るには小さい安物のプラスチックの椅子は、二つとも地塗り作業中のキャンバスを支えるために置かれていた。

「こうしている方が楽なんです」

彼がギャアギャアと響く声で言い、カップに手を伸ばした。しまった、カップが手よりずっと小さい。スープの器を出すべきだったと思ってまた当惑していると、彼が手先についた鉤《かぎ》のようなものをカップの取っ手に器用に引っかけて持ち上げた。

「あ」

彼が絵の方を向いたまま尋ねた。

「あれは何ですか」

キャンバス？　材料？　絵？　スジョンは最も常識的な答えを選んだ。

「ああ、蓮の花の絵です」

「蓮の花とは何ですか」

「うーむ、花です。植物ですよ。水の上に咲いたりする。もともとああいう色ではなくって、あれは絵の具の色です」

彼はまたしばらく黙っていた。スジョンは机の椅子に座り、カップを持った。今まで気づかなかったけれど、カップを持ち上げる手が、少し震えていた。赤っぽい絵と白いカップと緑色がかった茶色の身体を、オレンジ色の夕陽が包んでいた。絵にしてみたいと思った瞬間、彼が振り向いた。

「故郷の衛星に、あんなふうな火山があります」

「火山ですか?」

「地球で言えば、火山。別のものだけれど、似ています」

スジョンは小学校の理科の授業で作った火山の模型を思い浮かべた。おがくずで作った山から、オレンジ色や赤い色の火花が飛び出した。スジョンが蓮の花びらに色を塗りながら連想していた、ふんわりしたビロードとはまったく違うようだ。

「へえ」

どう返事していいかわからなくて、そうつぶやいた。彼はスジョンの言うことは気にしていないらしく、再び向き直って、カップを持ったまま絵を見ていた。スジョンが玄米茶を飲み終え、再び彼をよけてキッチンに行きカップを洗ってしまっても、彼はまだじっとしていた。スジョンは彼の存在が気詰まりだった理由を、また新たに発見した。どうやってドアから入ってきたのか不思議な——よく見ておけばよかった！——ふくらんだ風船みたいな身体なのに、動作に無駄がないのだ。意味もなくもぞもぞ動いたり揺れたりしないから、まるで無生物みたいな感じがする。気詰まりだった理由がわかると、少し気が楽になった。スジョンは机の横に立ててあったＡ３サイズのクロッキー帳を持ち出して彼をスケッチした。動きが少ないから、クロッキーよりデッサンがふさわしいようだ。木炭よりは鉛筆かコンテがいいだろうな。まだ開けていなかった段ボール箱に、プレゼントされて数回しか使っていない鉛筆型コンテがあった。スケールの大きな絵を好むスジョンは、もともとコンテより太い木炭を主に使っていた。冬はすぐ日が暮れる。薄いオレンジ色の日差しが一瞬赤くなったかと思うと、すぐに青黒い夜の帳《とばり》が下りた。彼は口をつけていないカップをキャンバスの上にそっと置いて、振り向いた。

「また見に来てもいいですか？」

「あ、はい」

「ありがとうございます。ごちそうさまでした」

彼はちょっと耳障りな声で鳴き、入ってきた時と同じように静かに立ち去った。

スジョンは部屋が完全に暗くなってから、ようやく立ち上がって電気をつけた。まだ見慣れていないアトリエと、昼間に塗りかけたままの大きなキャンバス、絵皿に乾いた絵の具が、眼を刺激するような存在感を放っていた。

「うわ、カップをこんな所に置くなんて！　やっと地塗りが終わりかけたのに！」

*

彼は二週間後にまた訪れた。前回と同じ曜日の同じ時刻だった。二度目の訪問でスジョンは、彼の身体がドアを通過する時には空気の抜けた風船みたいにぺちゃんこになり、部屋の真ん中に立っている時はふくらむことに気づいた。さらに二週間後、三度目の訪問で、スジョンは彼が二度目の時と、分単位でまったく同じ時刻にインターホンのボタンを押したことに気づいた。今更確認することはできないけれど、おそらく最初に来た時とまったく同じ時刻だろうという気がした。彼の言葉が不自然に聞こえる理由が、言葉に無駄がないからだということにも気づいた。彼はまるで旧式の留守番電話のように、「ああ」だの「うーむ」だのという言葉をまったく発しなかった。彼は彼らの衛星にある火山から噴き出る物質は、地球の炎や溶岩とは違うと言った。電波望遠鏡でも過去の様子しか見えないほどはるか遠くの火山を想像することができないスジョンが、少しでも似た例を挙げてくれと言うと、彼はしばらく絵を見つめ――スジョンが話をしていてもいなくても、いつもそうしていたのだが――地球のオーロラに似ていると言った。

冬休みなので学校の授業はなかった。スジョンは、以前勤めていた会社の同僚が紹介してくれたアルバイトをしていた。金髪の美人で能力もあるのに恋人から捨てられた過去が忘れられない女の復讐《ふくしゅう》をテーマにした小説や、十六歳の高校生が水に溺れて異界に迷い込む小説の表紙を描いた。挿絵を構想しながら読んだ小説のストーリーは、となりに住む彼よりも非現実的だった。スジョンは白い地塗りの上にカップを置いた跡が丸く残ってしまった大きなキャンバスに何度も手を入れたあげく、全体を緑色に塗ってしまった。乾くまで、きつい匂いが漂った。四度目に来た時、スジョンは彼に名前を聞いた。

「イ・ヨンヒです」

スジョンはスケッチブックに伸ばしかけた手を止め、彼を見上げた。先週から、窓の反対側にイーゼルを立てて本格的に彼の絵を描いていた。スジョンは笑いをこらえ、口をゆがめたまま聞き返した。

「イ・ヨンヒ?」

最近では小学校の教科書にも登場しない、古臭い名前じゃないか。

「はい」

その答えに、スジョンは笑いをこらえようとして手が震えた。コンテを置き、呼吸を整えた。

「くふん、うむ、私はパク・スジョンです。最初に自己紹介するべきでしたね。イ・ヨンヒってまさか本名じゃないでしょう？」

そして後から思いついた質問を重ねた。

「ところで、女性だったんですか？」

「構いません。違います。似たようなものです」

独特のしゃべり方にかなり慣れてきたスジョンは、すぐに二つ目の答えを理解した。

「じゃあ、本名は何というんですか？」

「地球では言えません」

「そう言わずに、教えてよ」

「本当です。大気の成分が違います。気圧が違います。正確に表現することができません」

「おおざっぱには言えますか？」

またしばらく沈黙が続いた。諦めたスジョンが再びコンテを持とうとした瞬間、ヨンヒさんがスジョンの方に向き直り、じっと見た。スジョンは今でもヨンヒさんの眼がどこにあるのか、はっきりとはわからなかったものの、絵を見る時のようにスジョンを凝視していることは、ありありと感じられた。二人の間にある、せいぜい二、三歩で歩ける距離の空気が振動し、ヘアドライヤーの風が当たったみたいに眼の周りが熱くなった。何かがゆらっと光って、消えた。瞬きしながら見た。そこはかとない熱とぼんやりした残像が、まつ毛に引っかかったみたいにちらちらした。

「……地球の言語とは、全然違うんですね」

スジョンがつぶやいた。ヨンヒさんは向き直ってまた絵を眺め、先週よりも早く帰っていった。

その週、スジョンは、一見真面目そうだけれども実は夜遊びの好きな男子中学生が、同じクラスの平凡な女子を追い回すローティーン向けの小説の表紙に使うイラストを描いた。女の子の名前はウンビンだった。しゃれた名前ですねと言うと、元の同僚が笑った。最近では、よくある名前よ。うちの子が通っている幼稚園にも、似たような名前の子が何人もいたし。名前も流行があるのね。チョルスだのヨンヒだのという名前が、意外に少ないの。この試案、すっきりしてていいんだけど、女の子の眼をもうちょっと大きくしたらどうかな？　背ももうちょっと高くして。スジョンは、ありふれているようでいて実は珍しいなら、ヨンヒさんという名は似合っているのかもしれないと思いながら、七頭身の女の子を九・五頭身に直し、ついでに髪をカールさせた。

五回目の訪問はテボルム（訳注：陰暦の正月十五日。この日にクルミ、松の実、栗、ピーナツなどを食べる「プロム」という風習がある）の日だった。スジョンはヨンヒさんが食べないと知っていながら、クルミやピーナツを皿に盛って出した。ヨンヒさんは持ち手のない皿も揺らさずに持ち上げ、クルミとピーナツを見た。〈彼ら〉が地球の文化についてよく知っているとは聞いていたけれど、スジョンはひょっとしたら知らないかもしれないと思い、プロムについて一生懸命説明した。ヨンヒさんは、火山のある衛星が彼らの惑星に最も接近する日について話した。
六度目に会ったのは、それから五日後だった。外注の仕事なのにこんなことまでするのかとぼやきながら、印刷所に行って表紙を確認してきた日だった。三月なのに風が冷たかった。オフィステルの前が妙に騒がしかったけれど、スジョンは何げなくエレベーターに乗って、押し慣れた階のボタンを押した。エレベーターのドアが開くと、黒ずくめの男たちがヨンヒさんの部屋とスジョンの部屋の間にぎっしり立っていた。スジョンがまごついていると、ヨンヒさんが彼らをかき分けるように出てきた。ヨンヒさんとスジョンの間に、宇宙のはるかかなたの炎と南極に揺らめくオーロラと冬に咲く紫がかった蓮の花のような熱気が、星くずみたいな光の粒子をばらまいて、一瞬のうちに通り過ぎた。他の人たちはまったく気づいていないようだ。黒ずくめの男たちがすぐにヨンヒさんを取り囲み、エレベーターのドアが閉まった。

*

週末、蓮の花の絵と緑色のキャンバスを先輩の倉庫に預け、スジョンは友人たちに会った。考えてみると、会うのは数カ月ぶりだ。ヨンヒさんが出ていった途端に家賃を大幅に値上げした薄情な家主の悪口を言いながら引っ越しを手伝ってくれたウニが、スジョンのことを、まるで異界で冒険してきた英雄みたいに言った。みんな大笑いした。友人たちは、学生時代から怖いもの知らずで突拍子もないことをしていたスジョンの性格について話した。うまく機会をとらえてあんなオフィステルにアトリエを構え、数カ月間贅沢をしたスジョンの手腕を褒めたたえ、大きな絵を描いただろうに、どこに置くのかと心配した。酒がちょっと回ってくると、ひょっとして彼らと顔を合わせたことがあるか、彼らの声を聞いたか、オフィステルの周辺を守っていた人たちの中に、いい男はいなかったかなど、好奇心に満ちた眼を輝かせて聞いた。スジョンは笑っただけで、雪が溶けて流れた跡のあるビヤホールの窓枠に巡らされた、派手な色の豆電球を見ていた。

テレビや新聞では相変わらず〈地球の暮らしを体験しに来た彼ら〉が時々登場した。遠くから見ると茶色のガマガエルみたいな彼らは道を歩き、国家施設を訪問し、山に登った。スジョンは小さな写真に写った彼らの中から、ヨンヒさんを見分けることができなかった。

スジョンはヨンヒさんが最後に言った言葉の意味も、やはりわからなかった。別れの挨拶か、なごり惜しいという気持ちの表現だったのかもしれない。しかし、埃の溜まった窓枠を飾る豆電球とはまったく違う光の残像を思い起こしたり、下宿へ帰りながら夜空をまばらに飾った星を見上げたり、髪を乾かす時にヘアドライヤーの熱風で熱くなった眼に思わず手を当てたりしながら、スジョンは、あれは挨拶ではなかったのだろうと思った。あれはきっと、スジョンの手も眼も届かない世界にある衛星の名、その衛星の表面にそびえ立つ火山の名、火山からビロードのように噴き出す炎の名だったのだ。そしてあの美しい響きは、はるかな闇のかなたに隠されていたスジョンの名前だったのかもしれないと、時折ひそかに考えた。

最初ではないことを

チリンという軽やかな音と共にドアが開いた。私は本からドアに視線を移した。ナミがカフェの中を見回し、私と眼が合うとにっこりした。

「早かったのね」

「あんたが遅いの」

私は文句を言いながらも、ナミの前に水のコップと皿を押しやった。

「ごめん、荷物をまとめるのに忙しくて……。このケーキ、おいしいね」

私はコーヒーカップを持ち、ふかふかのソファにもたれた。

「出発は明日何時だっけ？」

「朝八時の飛行機。起きられないんじゃないかと心配なの。念のため、ヒジョンに朝早く電話してくれと頼んである。ふう、いざ明日出るとなると、まだやることが山のようにあった。起きてから今までトランクを二度も詰め直したり、薬局に行ったり、ばたばたしてた」

「そうよナミ、あんたみたいに病気がちな子が、どうしていきなり中国に行くの。ここでスポーツジムにでも通えばいいのに」

「人が聞いたら、あたしがダイエットしに行くみたいじゃない。中国で働くために、前もって準備するのよ。それはともかく、この前、外交部（訳注：外務省）の見学が、大雨のせいでつまらなかったって話したの、覚えてるでしょ？　何日か前にまた申し込んで行ってみたの。本当に羨ましかった。あたしのしたい仕事をしている人たちを見ると……。ところで、あっちで働く人たちは、ほとんど自分たち同士で結婚するんだって。もし、あっちでいい人が見つからなかったら、どうしよう？」

ナミがいたずらっぽく話しながら、元気な笑い声を上げた。私は指に引っかけたからっぽのコーヒーカップをぐるりと回した。

「おやおや。まずは必死で勉強して合格することね。外交官になりたいなら」

「またそれを言う。あんたがそんなふうに生真面目だから、うちのお母さんも、いつもヒョナを見習いなさい、ヒョナはこの頃どうしてるのって、あんたのことばかり言うんだから。いったい、どっちが実の娘なんだか」

「ナミのお母さんは、あたしがレズビアンだと知っても、同じことを言うかな？」

ナミがこわばった表情で、口に運びかけていたフォークを、かちゃりと音を立てて置いた。

「どうしてそんな言い方をするのよ。何かあったの？」

私はそっとため息をついた。

「別に。明日出発なのに、変なこと言って、ごめん」

「何かあったの？」

ナミとは中学の同級生で、知り合ってから十年以上になる。高校も大学も別だったけれど、十数年もつきあっていれば、互いをよく知るのに不足はない。特にナミが浪人の末、ソウルに落ち着いてからは、子供の頃の気の置けない友情に家を離れて暮らす寂しさが加わり、そうこうするうちに、互いのことはたいていわかる間柄――ナミの主張によれば、一番の親友――になった。

「昨日、家から電話があったの。ただ、ちょっと……。お父さんの友達の知り合いの息子だかなんだかがソウルにいるから、一度会ってみたらどうかって言われた」

「まだ言ってないの？」

「これからも言うつもりはない。いや、正直、あたしもどうにか片をつけたいとは思う。年も年だし。でも、この人がいないと生きていけないというぐらいの人ができて、『この人が大好きだから、男とは暮らせない』とでも言うならともかく、紹介する人もいないのに、『私は女性が好きなの。でも子供は欲しい。遅くならないうちに人工授精を受けるつもりだから、孫を迎える心の準備をしておいてね』なんて言える？　お父さん、その場でぶっ倒れるね。あたしがいくら親不孝でもそれほど心臓は強くない」

ナミは首を横に振ってフォークでケーキをつついた。

「今でも、子供は産むつもりなのね」

「まあね」

「いい人はまだできないの」

私はナミの目を避けて、コーヒーカップを見つめた。

「まあね」

＊

生まれて初めての外国旅行でもある語学研修に行ったナミから突然連絡が来たのは、梅雨が始まった七月中旬のことだ。仕事帰りに突然雨に降られて駐車場からマンションまで息せき切って走った日の夕方、電話が鳴った。私はコップに冷たい水を注いでいて、南向きのリビングルームは夕方六時半でも雨雲に太陽が隠れて真っ暗だった。今でも鮮やかに思い出すのは、そんなささいな事柄だ。手に持っていたガラスのコップの櫛目《くしめ》模様、テーブルの片側に積んであった雑誌のタイトルや好きでもないモデルの表紙、上階の雨どいに溜まった水が、ぼとぼとと落ちる音。

「ヒョナ？　ヒョナ、家にいるなら電話に出て。まだ帰ってないの？」

ナミの声だった。何度もメールを送ってはきたけれど、今まで電話をかけてきたことはなかった。私はすぐにパソコンの画面をつけた。

「今、帰った。どうしたの。電話なんかして」

ナミは下唇をかみ、困った顔で私を見ていたが、やがて口を開いた。

「そっちではニュースかなんか、やってない？」

「何のこと？　事故が起きたの？」

私は手に持っていたコップを置き、パソコンの前に椅子を持っていって座った。よく見るとナミの顔は、夏の旅行者にしてはひどく黄色くむくんでいて、唇も真っ青だった。

「ほんとに、何も聞いてない？」

「何が起こったの。大丈夫？」

「あたしも……詳しいことはわからない。ここは、つまりここは病院なの。伝染病のようなものが流行ってるんだって。免疫系統のウイルス？　ＤＮＡ？　説明を聞きはしたけど、難しいし英語と中国語ばかりだし、人によって言うことが違ったりするから、何がなんだかわからない。とにかくここで得た情報を全部メールで送ったから、一度読んでみて。とにかく深刻みたい。人が……」

ナミの声が震え始めた。

「人が、たくさん死んでる。発症するまで時間がちょっとかかるから、今までわからなかったらしい。ウイルスが……ここよりもっと北の方から南下してきたんだって。モンゴル国が生化学テロをしたとか、逆に中国がモンゴル国にばらまいたのが、戻ってきたという説もある。そしてここに国際遺伝子研究所だか病院だか、一つあるの。そこで何か間違いが起こったとも聞いた。わからない、あたしも。公安の人たちは、何も知らないと言うばかりで」

心臓がどきっとした。病院。伝染病。死。私は両手でモニターをつかみ、顔を寄せた。

「あんたは？　ナミ、あんたはどうなの」

「この病院も研究所の付属なんだけど、ここで一番大きな病院らしい。今、七十人か、八十人かな？」

ナミは何かを確かめようとするように、ちょっと後ろに顔を向けた。

「八十人ちょっと入院してる。つまり……」

「つまり、あんたはどうなってるのよ！」

ナミがまた唇をかみ、目玉をぐるりとさせた。昔から、困ったことや申し訳ないと思った時にやっていた癖だ。

「お母さんに言ったら、びっくりするだろうと思って、あんたに先に連絡した。まだそっちでニュースにもなってないなんて、どういうことだろう。うちに電話して、何日かあたしと連絡が取れなくても心配するなって伝えて。肝臓が悪くなるんだけど、ここであれこれ研究しているというから、おそらく答えが出ると思う。ただ、ちょっと病気だと言って。可能性は低いけれど、ひょっとしたら必要になるかもしれないから、お母さんと弟に、肝臓検査、生体部分肝移植手術をする時に必要な検査があるの。病院で言えばわかる。その検査をして結果を送ってくれと言って。いちおう……」

ナミはまた背後をちらりと振り返った。

「切るよ。メール見てね。あまり心配しないで」

テロ？　伝染病？　公安？　生体移植？　私は電話を切ってからもしばらく呆然としていた。びりびりとしたものが、モニターをつかんだ指先から手のひら、腕、胸、脚に広がった。本降りになった雨が、激しく窓を叩いていた。

〈中国北部で猛威を振るう伝染病〉が国内のマスコミで報道され始めた頃、私はすでにナミの母親と弟の検査記録を中国に送り、休暇を取って中国行きの飛行機に乗っていた。新しい病気、しかも衛生状態が良くないという中国北部地方で発生した伝染病は、あまり大きなニュースにはならなかった。国境を越えて入ってこなければ他人事なのだ。私はあまり新しい情報の載っていない新聞を置き、ナミが数回に分けて送ってきた資料に再び眼を通した。

エイズやある種の肝炎のように、血液や体液の直接接触を通じて感染するこの新しいウイルスは、免疫システムを狂わせ、正常な臓器を外部から侵入したもののように認識させてしまう。腎臓や肝臓の移植手術で、患者と移植された臓器が適合しなければ拒絶反応が起こり、ひどい場合にはショック死することは、広く知られている。このウイルスに感染すると、そうした拒絶反応が、自分の臓器を対象に起こる。生存に欠かせない臓器を敵として認識した免疫システムは猛烈な攻撃を加え、攻撃された臓器は、まるで人間に移植されれば数分後に機能を停止してしまう動物の臓器のように機能を喪失し、真っ黒になって死んでゆく。攻撃を終えると不思議なことに免疫システムは正常に戻るものの、必要な臓器を失った身体は死体も同然だ。普通、臓器移植手術をする場合は、拒絶反応を防ぐために免疫抑制剤を投与する。しかしこのウイルスの場合、攻撃を受けるのが自分の臓器であるうえ、急性の病気だから免疫抑制剤だけでは解決しないだけでなく、むしろ苦痛を引き延ばし、いっそうひどい結果をもたらすこともあるという。ナミのいる研究所でできる臨床措置は、もうすべて試みたようだ。正直なところ、ナミの家族の検査記録も、何の役にも立たないように思えた。

科学や医学の専門家でもない私がすべてを理解することはできなかったが、ナミから送られた資料のそこここに絶望的な信号をはっきり見て取りながら、わからないと顔をそむけることはできなかった。五歳下の弟に何かとお金がかかるためにずっと自分のやりたいことができなかったけれど、弟が軍隊に志願入隊した一昨年頃、ようやく本格的に外務高等試験に向けた勉強を始めたナミとは違って、私は高校生の頃から、自立して目立たないように暮らすための準備に熱中してきた。医者や生物学者になりたいと思ったこともあるが、その分野に特別な才能はなかったから、進路を決定するに際して未練なくロースクールを選んだ。一時は将来の職業にしようと思った科学分野に対する興味は次第に、教養講座に出席したり、博物館のセミナーに行ったり、退屈な時にテレビの企画ドキュメンタリーを見る程度になった。そして目立たないようにするためには、ありふれた職業やありふれた容姿を持つよりステレオタイプにうまく合わせる方が効果的であると気づいてからは、〈結婚や恋愛より仕事に関心を持つクールな専門職の女性〉という、誰もが納得しそうな典型に合わせて少しずつ自分のイメージを形成していった。私は賢いというより、小賢しかった。しかし、勇気はなかったとしても、卑怯だったとは言いたくない。結局のところ私は、慶尚道《キョンサンド》の小都市で、〈男嬉《ナミ》〉という名前を変だとも思わず、〈金持ちの家の長男の嫁にふさわしい〉という言葉を最高の誉め言葉だと信じている人たちの間で、平凡さを美徳だと思いながら育った、二十代のお嬢さんに過ぎなかった。

私は空港を出るとすぐ、ナミのいる村に向かい、〈患者の弁護士〉だという台詞を脅迫みたいに何度も繰り返しながら、ナミから聞いていたよりもずっと厳重な警備を突破して研究所に入った。国際的なレベルの研究を標榜《ひょうぼう》する国籍不明の研究所には、中国人よりもアメリカ人の職員の方が多かった。英語が通じると知って、ナミが私に連絡してくれてよかったと思った。しかし実際にナミの顔を見たのは、病院の建物を目の前にしながらも、まる二日間待たされた後だった。廊下を歩きながらドアの隙間から見た病室は汚くも陰気でもなかったが、病床に座ったり横たわったりしている人たちの顔には、一様に自暴自棄になったような絶望が影を落としていた。私は恐怖で縮こまろうとする胸をなんとか広げて、医師の後について歩いた。

「患者を隔離しないんですか」

マスクをした医者が、灰褐色の眼を輝かせて私を見た。

「はい、元来は日常生活で感染する危険が高い病気ではないので、今ぐらいの管理で危険はありません。それに、すでに村全体が事実上隔離されたような状態になっています。体液を通じて接触感染するという点を考えれば、一つの村で一度にこれほどたくさんの患者が発生したのは意外です。最初から注意していれば大丈夫だったのに、夏だから傷ついた皮膚を露出することが多く、潜伏期と一次発現の間に村の祭りが開かれたために、やっかいなことになったんです。ああ、SDTについては聞かれましたか?」

SDTは、ここで仮につけられた病名だ。私はナミが資料を送ってきたという話をしてもいいのか、ちょっと迷って、ごまかした。

「いいえ」

医師は早足で廊下の角を曲がりながら、私がとっくに知っていることを簡単に説明してから、SDTの進行過程について話した。

「潜伏期間はまだ正確にはわかりませんが、四カ月から一年の間だろうと推測されています。これまで出た患者を調査して得られた結果なので、他の地域、特に南部で患者が発生し始めたらもっと正確なデータが取れるはずです。潜伏期間が終わればひと月から三カ月の間に一次発現が起こり、初めのうちは免疫システムが混乱していろいろな臓器を無作為に攻撃したり中断したりを繰り返します。最初の患者たちは一次発現が終わる頃になってようやく病院に来ました。一次発現期の症状は、肝炎や腎炎に似ています。一次発現期が終わる頃には攻撃される臓器が決定されます。ここにいる百二十三名の患者のうち、七十パーセントほどは肝臓に異常が生じました。他はほとんど腎臓で、まれに心臓や肺が攻撃されるケースもあります。腎臓の場合、免疫システムが鎮静した後に死んだ腎臓を摘出し、人工腎臓をつないでからドナーを探すことができるので、生存可能性が少し高いのです。他の地域では失敗しましたが、大家族の多いこの地域では、移植手術を申し込んだ患者五名のうち二名が無事に手術を終えました。経過を観察してみなければいけませんが。心臓や肺の患者の場合には病気の進行速度が速く、手を打つ暇がありません。イ・ナミさんのように肝臓がターゲットになった七十パーセントの患者も、簡単ではありません。一次発現期が終わり、しばらくして二次発現期が来れば、ターゲットになった臓器が免疫システムの集中攻撃を受けるのですが、肝臓の場合、完全に使えなくなるまで短いと三日、長ければ二週間かかります」

画面で見たナミの青ざめた唇が、頭に浮かんだ。

「ナミは今、どういう状態なんですか」

「一次発現期に入って二カ月過ぎました。イ・ナミさんは地域住民のうち、症状が出たのが遅かったため、すでにSDTについての噂を聞いていて、最初の症状が出てすぐに病院に来ました。おかげで最初から症状を詳しく追跡することができたんです。ここですよ」

医師が立ち止まり、病室のドアをノックした。「李男嬉」という名札がかかっていた。

「個室ですか?」

医師が引き戸の取っ手に手をかけたまま、知らなかったのかというような顔で振り向いた。

「手術を希望する患者ですから」

どんな手術なのか聞こうとした瞬間、戸の隙間からやつれたナミの身体が眼に飛び込んできた。私は弁護士だの何だのと言っていたことも忘れ、ベッドに駆け寄った。

「ナミ!」

ナミが腫れた眼を開け、私を認めると、やっと身体を起こした。私は押しのけるようにして医師を廊下に出ていかせ、ベッドの側に置かれた椅子に崩れ落ちた。

「来られないと思ってたのに。ありがとう」

私は書類をくしゃくしゃにして握ったまま、声を上げた。

「駄目。危険すぎる。あたしは反対だ！」

「ヒョナ、そんなこと言わないで。他に方法がない。あんたも見たでしょ」

「死ぬかもしれないじゃない！」

「どのみち、死ぬ。このままいれば、どうしたって死ぬ。わらにもすがる思いだってことが、わからないの」

やっと頭だけ起こしてかすれた声で叫んでいたナミは、すぐに疲れてしまったらしく、倒れるように横たわった。

「ヒョナ、あたし、生きたい。まだいや。こんなふうに終わるのは、あんまりだ。……悔しくてたまらない」

私は呼吸を整え、くしゃくしゃになった書類を乱暴に広げた。肝臓病の患者が死亡する最も大きな理由は、言うまでもなく肝臓がなければ生存が不可能だからだ。研究所は、ターゲットに対する攻撃を終えると正常に戻るＳＤＴの特性と、肝臓さえあれば生きられる可能性を考え、これまでさまざまな方法を試してきた。最初は死んだ肝臓を摘出し、他人の肝臓を移植した。失敗だった。部分肝移植手術とは違い、全体移植手術はすでに正常に戻った免疫システムにひどい拒絶反応を呼び起こし、これを防ぐために免疫抑制剤を投与した患者は脳死状態に陥った。ターゲットに対する集中攻撃が始まる前に肝臓を一部摘出し、再手術して入れる方法、人工肝臓を移植する方法など、さまざまな試みが続けられたものの、どれも失敗に終わった。人工肝臓を移植した患者は不格好な人工肝臓をつけたまましばらくは生きていた。そこにわずかな希望を見た医療陣は、新たな方法を考えた。それがまさに、ナミが同意した手術だ。

ナノテクノロジーと体細胞複製を活用した代替臓器開発は、数十年前から研究されていた分野だ。中学一年の時、科学雑誌の片隅に、ナノマシン（訳注：〇・一～一〇〇nmほどの大きさの機械）で作った簡単な型の中に細胞を入れてその形のまま複製を作る実験に成功したという記事を読んだことがある。細胞が複製された後、ナノマシンでできた型が自然に分解してしまえば、元気な細胞でできた中身だけが残る。幼心にもアインシュタインやヒトラーを百人でも複製できるという嘘っぽい新聞記事よりも、今自分が持っているものとそっくりな眼や肺を創り出すことができるという記事の方が、ずっと現実味があると思った。この研究の最大の問題は、非常に複雑な構造を持つ人間の臓器の枠をどうやって作るかということだったが、目の前にいる患者を助けなければならない医者たちは完全な複製臓器を研究する代わりに、まずはすでに使用されている人工臓器に複製体細胞をつけて拒絶反応を防ぐ方法を研究し始めた。電池で動く人工心臓に患者本人の複製細胞をかぶせて移植する実験も行われた。ナミに渡された資料によれば、患者の中には三カ月生きた人もいたようだ。まだ多数の一般患者を相手に行われたことはない手術だった。病院側はナミに、肝臓が死んで免疫システムが正常に戻ったわずかな隙に、自分の細胞でコーティングした人工肝臓を移植する手術を受けてみるかと尋ねた。ナミは特別な病歴もなく、妊娠や流産の経験もない二十代後半の女性であり、おそらく二次発現の前までに細胞を複製する時間があるだろうと思われた。ナミ以外にも身元を伏せた二十代後半の男性一名、三十代の男女一名ずつが今回の手術を受けることに同意した。彼ら同士の接触は禁止された。

ナミがサインしなければならない書類には、「手術のことを口外しない」という項目から、「病院と研究所側に責任を問わない」という項目まで、ありとあらゆる不利な付帯条項が書かれていた。こんな状況でなければ、当事者がナミでなければ、絶対にサインしないよう、最後まで反対したはずだ。病院では、弁護士であり保護者だと言って入ってきた私にも似たような書類を渡し、同意しろと言った。

「ヒョナ、同意して。時間がない」

私はナミが荒い息を吐《は》くように言《い》うのを聞き、こめかみを手で押さえた。ナミは歌が上手《じょうず》だった。中学生の頃、私たちは怖いもの知らずでよく職員室の窓の下に座り、下手な英語で流行のポップソングを一緒に口ずさんだものだ。今では遠い昔話だ。私は苦しく、困り果て、恐ろしかった。病みやつれたナミの顔を見て、昔の元気などうかがい知れない声を聞き、自分で起き上がる力がない身体を数時間ごとに寝返りさせてやると、恐怖が突き刺すような痛みを伴って頭の先から脊椎を流れた。恐怖を感じているのは、心ではなく身体だった。私はやっとのことでベッドのサイドテーブルに置かれたペンを持ち、くしゃくしゃになった書類の最後のページにさっと名前を記入した。そして書類をテーブルに投げつけた。

「わかった。同意したから、好きなようにしなさい。そんなにやりたいなら、やればいい。あたしはもう、あんたがしたいようにするから、そうするから、助かりなさいよ」

私は声の震えを必死で抑えながら、色あせたドアに視線を向けた。

ナミは、元気のない顔でお母さんに会いたくないと言った。その代わり、公安が同席する所で私がナミのお母さんに状況を簡単に伝えることができた。お母さんは驚いた顔で、ニュースになっていた病気なのか、うちのナミは大丈夫なのかと思いつくままに質問を連発し、私は、状況は良くないがナミが手術を受けることにしたから、あまり心配しないで落ち着いて下さいと、自分の耳にすら空虚に響く言葉を繰り返した。ナミは一日中ベッドに寝てこまごましたことを話し続け、私はまるで盲腸の手術をした友達の見舞いに来たみたいに軽く受け答えした。

「あたしの名前がそのままなの、見た？」

「うん。大学に入ったら変えるって言ってたじゃない」

「ぐずぐずしててそうなった。いっそまったく新しい名前をつけるならともかく、読み方はそのままで漢字だけ変えようとすると、意外にややこしくて面倒だった。まるで書き間違えたみたいに見えるし。就職する時に変えようと思ったの。中国は漢字の国だから、発令されるまでに絶対変えなきゃ。女の子の名前に、男が嬉しいだなんて、何よ」

　ナミはからぜきのような声を立てて笑った。

　ナミの両親は三十代前半になってようやく生まれた最初の子供が女の子であることに落胆し、男の子を望む気持ちをこめて、娘の名に〈男〉の字を入れた。五年後に弟のチョンフンが生まれても、ナミの名前はそのままだった。両親の願いをまったく理解できないわけではなかったし、男嬉だの貞男《チョンナム》などという名前の女性も少なくない地域ではあったが、正直なところ、私はナミの両親も弟も気に入らなかった。ナミは中学生の頃から名前を変えたがっていた。読み方はそのままでもいいけれど漢字だけでも〈男〉を他の字にしたいと言い、教育大学に入ると改名申請の準備もした。おそらく「お前が早く就職して弟を助けろ」と言ってナミを教育大学に入学させた両親に対する反抗心も、多少はあったと思う。

「そうなさいませ、未来の外交官様。どうせなら、すっごく立派な名前になさったらいかが?」

私は無理に口角を上げた。

ナミはいろんな話をした。高校生の時、教会の青年部にいた年上の男の子が好きだったと言った。浪人して大学入試の勉強をしている頃に住んでいた、自分の部屋にトイレのない安い下宿を思い出して笑った。あの時私は法律事務所での雑用アルバイトでお金を貯め、ナミを有名なレストランに、半強制的に連れていった。食べ慣れない高級料理をちょっと無理して食べたナミは、翌朝、トイレットペーパーを持って地下鉄の駅のトイレに駆け込んだそうだ。私は今頃そんなことを言ってどうするのと言いながら、顔を赤らめた。そのほかにも、ナミは時々眼を開けて天井を見つめながら、亡くなったお父さんのことについて何かつぶやいていた。もうチョンフンが大きくなってお母さんの面倒を見られるから良かったと言った。私はそんなことを言うんじゃないと、目をむいて大げさに叱った。

ナミの病状は日に日に悪化した。泣きながら私に謝り、聞き取れないような悲鳴を上げた。そして二次発現期が訪れた。

私はナミの病室から追い出され、職員宿舎で待機していた。ナミがどんな苦痛を味わっているのか想像したくなかったけれど、少しずつ黒くなるナミの肝臓が眼に浮かんで、夜も寝つけなかった。私はナミが楽しそうに歌う夢を見た。ナミが子供を産む夢を見た。赤ん坊は真っ黒にしなびたナミの死体を引き裂いて飛び出し、私に襲いかかった。私は、ナミに告白する夢を見た。

私が中国に来てから二十三日が過ぎ、ナミは手術台にのぼった。四名のうち三番目だったが、先に手術を受けた二名の結果については誰も教えてくれなかった。私は手術が進行する間にストレスと疲労で倒れてしまい、手術終了の三、四十分後にようやく起きて、ガラス窓の向こうにじっと横たわったナミを見ることができた。ナミは生きているとは思えないような状態で、それから三日と五、六時間生きた。私はさらに二度倒れ、ナミのお母さんに筋道の通らない連絡をした。免疫システムとの戦争を終えたナミの身体は何度か研究室を出入りした。そして私はナミの遺骨が納められた骨壺を持ち、自分が何をしているのかもわからないまま国境を越えた。この時の記憶は、水に濡れてしわくちゃになって乾いた古い本のページの染みのようにおぼろげだ。ナミと私の共通の友達、ナミの友達、ナミを教えた先生、ナミの知人、ナミのことが好きだった人たちが、お悔やみに訪れた。

「うちの子が、うちのナミが死んでしまうなんて。どうしてあんな勉強なんかして、何もできないまま行ってしまうのよ。悔しくて、見送れない」

ナミのお母さんが、私とチョンフンにすがりついて泣きわめいた。私はお母さんの肩を機械的にとんとん叩きながら、何もしなかったのではないけれど、何も成し遂げられなかった、名前でら自分のものにできなかった二十八歳の友人の遺影を前に、じっと眼をつぶった。

散骨した川の前で、くずおれるようにしゃがんだお母さんを、少し離れた所から見つめていたチョンフンが、私の方に振り返った。お姉ちゃんの部屋を横取りした憎らしい子供は、もうしっかりとした眼つきの大人になっていた。

「母を、どうしたらいいんでしょうね」

「……あんたがよくしてあげなきゃ」

チョンフンは川に視線を向けた。

「これからは、本当にそうするつもりです。お姉ちゃんの分まで……。本当に、二度と母を悲しませないように」

私は正直に話す代わりに、ただうなずいた。

＊

私はその後もたくさんの人を見送った。優しかった職場の同僚から、ずっと私を愛してくれた両親まで。別れることには慣れても、悲しいのは同じだ。未完に終わった記憶は、いつまでも胸の片隅で私を呼んでいる。ナミと私の人生が重なっていた期間は、私がこれまで生きてきた人生の二分の一から、三分の一、四分の一に減った。もう、何中学を出たのかと聞かれても喉を詰まらせることはなくなったし、ニュースグループでＳＤＴはアメリカと中国の合作だという陰謀論を見たり、臓器複製に成功したという記事を読んだりしても、眼を閉じて深呼吸をすることはない。しかし時折、ほんの時たま、私は規則正しい呼吸をしながら寝ている子供の手を握り、ナミのことを思う。外交官になったナミ、結婚式を挙げるナミ、小じわのできた顔でにっこりするナミを想像する。そしてそんな時にはちょっと利己的に、でも限りなく痛切に、私がこの子にとって最初にならないよう祈る。いつかこの子が誰かを失わなければならないなら、悲鳴のような記憶として残り、残像のように漂う愛に苦しむ時が来るのなら、それが私ではないことを。私が、誰にとっても最初ではないことを。

雨上がり

1

「おい、先生が、自習してろってさ!」

職員室に行ってきた学級委員が、前の戸をがらりと開けて入りながら言った。その瞬間、戸に集中した視線が、またばらばらになった。

「そんなことだろうと思った。どうして担任が毎日遅刻するんだよ」

「あれでよくクビにならないね」

不平のようなざわめきの波が、私をよけてもう一度揺れた。私はうつむいたまま、読んでいた本の最後の段落を、もう一度ゆっくり読み直した。誰かが机の端っこをこつんと叩いた。

「え?」

学級委員だ。

「先生が呼んでるぞ」

いらっとした。椅子を後ろに引いて立ち上がりはしたけれど、誰も私を見ない。私は腹立ちまぎれに椅子の脚を蹴飛ばしてから、後ろの出口に向かった。背後で、学級委員が声を低くして私のとなりの席の子に聞いているのが聞こえた。

「ところで、三十六番は何て名前だっけ？　ついさっき聞いたのに、また忘れた」

私はその返答をかき消すように、ぴしゃりと音を立てて戸を閉めた。

担任の先生は、入学式が済んだ一週間後にようやく姿を現した。私は臨時教師が出席簿の番号順に座らせた四班の一番隅の席に座り、今更のような担任の挨拶よりも昨夜から読んでいる本に気を取られていた。私は授業や朝礼の最中に他のことをしていて見つかったことがほとんどない——率直に言うと、どんなことによっても注目されたことがない。主人公が砂漠の果てに立って雲一つない空を見上げた瞬間、突然本の中から引きずり出されたような気がした。他の生徒たちの視線を感じた。ゆっくり顔を上げると、担任の先生がちょっと驚いたような眼で私をまっすぐ見ていた。先生の視線をたどった生徒たちも、私の方に顔を向けようとしていた。

「え……何ですか？」

先生が、ためらいながら聞いた。

「ええと、うん、それで、あなた、名前は？」

さっき出席を取ったばかりなのに。他の生徒たちに見られることに慣れない私は気詰まりで、つぶやくように答えた。

「三十六番、ホン・ジョンです」

先生は教卓に置いてあった出席簿を開き、最初のページの写真をまじまじと見ると、また私を見た。

「ああ、そうね。朝礼はこれで終わり。これからもよろしく。それから、ジ……」

先生が閉じた出席簿を再び開いてさっと見た。

「ジョン、ちょっと来てちょうだい」

前の戸が閉まった。皆は担任の奇妙な行動をまったく気にしていないみたいに、またおしゃべりを始めた。私は指を入れていたページにメモ用紙を挟み、そっと立ち上がって後ろの戸から出た。

「どこから来たの」

相談室の椅子に私を座らせ、先生はいきなり尋ねた。

「ペギ中学です」

「いや、そうじゃなくて……」

先生が何度か頭を揺らし、また私をじっと見た。私は視線に慣れていなかった。私が眼を伏せると、先生はふっとため息をつき、椅子の背にもたれた。頭の先から肩に下りる視線を感じた。私はついに我慢できず、まっすぐ座り直した。

「私、先生の知ってる誰かに似てますか？」

先生は軽く首を横に振って聞き返した。

「ずっとこの町に住んでるの？　小学校はどこ？」

「ペギ小学校です。五年生の時にソウルから転校してきました」

母が兄を連れてアメリカに渡って半年ほど経った時だ。留学には思ったより多くの費用がかかり、父は母の望みどおり、ソウルの家を売って今住んでいる街に引っ越した。引っ越した次の年に音楽で有名な私立高校に入学した兄は、今では〈学費は高くとも、実力のある教授陣を揃えた〉大学に通っている。兄と母は年に一度帰国するけれど、小さな部屋が二つあるだけの家には来ない。

「わかった。もうすぐ一時間目が始まるから、教室に戻りなさい」

私が教室にいなくても誰も気づかないと思ったが、うなずいて席を立った。ドアに向かって歩いていると、後ろから呼び止められた。

「ちょっと……」

戸の取っ手に指をかけたまま振り返ると、先生がちょっと困った顔で髪をかき上げた。

「ごめん。名前が覚えられなくて」

皆がそうだった。だから名前を言うたびに生徒番号を言うのが、ずっと前からの習慣になっていた。

「三十六番、ホン・ジヨンです」

「そう、ジヨン。六時間目が終わったら、夜間自律学習（訳注：放課後、半強制的にさせられる自習）の時間に職員室に来てくれる？　塾に通ってるの？」

「いえ、塾は行ってません」

「じゃあ、また後で」

その時以来、担任の先生は煩わしい存在になった。カウンセリングをすると言って私を呼んでは、最後に両親と話したのはいつだったか（父とは先週の日曜の夕方に顔を合わせたし、母はひと月前に電話で話した）、中学校では何組だったか（一年三組、二年六組、三年二組）、部活をする気はないのか（まったくない）、同じクラスの誰と仲がいいのか（仲がいいとかどうとかいう以前に、誰も私のことをちゃんと覚えていない）などとしつこく聞いた。そして私が眼を伏せて答えている間、私をじっと見ていた。私は親を含めて誰からもこれほど関心を寄せられたことがなかったし、その状態に満足していた。だいたいのところは。ともかく私は先生に注目されたくはなかった。私を覚えてほしいのは、先生ではなかった。でも、これぐらいの年齢になればたいていわかるように、世の中には願うだけでかなうことはあまり多くない。あの子は（ほかの子と同様）私にそれほど興味を持っていない。同じ高校に入学して初めて同じクラスになった時はうれしかったけれど、それだけだった。

今よりもっとたくさんの希望を持っていた時があった。私が他の人たちの記憶に残ることを、出席を取る時や、先生が名前を口にしたり、学級費を集めたりする時だけ目に入る人ではなくなることを願った時があった。進級するたびとなりの席の子から「え？　ほんと？　去年も同じクラスだった？」と言われないことを望んだ時があった。私の感じる違和感を、私が特別であることの証拠だと思おうと努力した時期があった。あの子が（私がそうであるように）、実は私のことを見ていると信じようとしていた時期があった。母が兄のためにあっさり出ていかないことを願った時期があった。どこであれ、相手が誰であれ、私がもう少しはっきり見えることを願った時期があった。人々が時折、まるで私が見えないみたいに行動しないことを願った時期があった。自分の存在感が希薄なことに、せめて何かもっともらしい理由があることを望んだことがあった。人体の約六十パーセントが水であると習ってからは、実は私の身体は約八十五パーセントが水だから、他の人よりも透明に見えるのではないかと想像したりもした。そして私のように水の比率が高く普通の人たちの目には見えない人たちが仲良く暮らす世界があるかもしれないという想像もした。しかし当然のことながら私の身体検査は毎年異常がなく、私は希望を持たないことに慣れていった。ともすれば自習をさせてどこかに消える担任の先生が私の名前を覚えたからといって、何かが変わるとも思えなかった。

そんなことを考えながら後ろの戸の前でぼんやり立っていると、再び戸が開き、あの子が片方の脇にプリントを抱えて出てきた。

「あれ、ここで何してるんだ」

私は急いで戸から一歩離れて言った。

「先生が呼んでるから。ヒョンスは?」

「ああ、これ、七時間目が終わるまでに出せと生物の先生に言われたから」

ヒョンスが答えると、さりげなく私の顔を見た。私が素早く言った。

「あたし、三十六番ホン・ジヨン」

「ああ、そうだったな。一緒に職員室に行こう。同じ中学を出た子以外は、なかなか名前を覚えられなくて」

私は廊下を歩きかけて、ふと立ち止まった。

「中学校も一緒だったよ」

「ほんとか？　同じクラスだった？」

「いや、クラスは違った……となりのクラス」

ヒョンスと私は、小学六年の時から四年間、ずっととなりのクラスだった。

「そうか。ごめん」

ヒョンスがあっけらかんと笑い、私に合わせて少しゆっくり歩いた。ヒョンスとこうして近くにいるチャンスはほとんどなかったけれど、かといって当たり障りのない話題が突然思い浮かぶはずもなかった。私は必死で頭を絞った。

「そうだ、あたしたち、来来週に一緒に週番になるよ」

「そう？　お前、家はどこだ？」

「ペンミョ洞《ドン》」

「学校からはちょっと遠いな。じゃあ、朝の仕事は俺がするから、放課後に日誌を持ってってくれる？　週番の仕事が終わってからだと、塾に遅れそうだから」

「いいよ」

私は視線を避けることも合わせることもできず、曖昧に答えた。ヒョンスと私の間に、からっぽの静寂が沈んだ。気まずくすらないその静けさが寂しかった。もし私も塾に行っていたなら、ヒョンスともっと仲良くなれただろうか？　朝早く来て一緒に週番の活動をしたら、ヒョンスと仲良くなるチャンスができるだろうか？　そううまくいくはずがない。週に六日、同じ塾に通ったとしても、ヒョンスはやはり私に気づかないだろう。他の人たちと同じように。突然涙がこみ上げてきそうで、私はヒョンスに「あたしちょっと急ぐから、先に行くね」と言って、廊下を駆けだした。

先生は背筋をまっすぐ伸ばして椅子に座り、書類をにらんでいた。研修部長や生活指導部長などをやっているわけでもないのに、先生はいつも書類をたくさん持っていた。この前、先生が一番下の引き出しをちょっと開けるのを見かけた。そこには、何があるのか自分で把握しているのだろうかと疑問に思えるくらい、ファイルがぎっしり詰まっていた。

「いらっしゃい」

私が近づくと、先生がファイルを閉じて言った。先生はいつからか私の気配によく気づくようになっていたが、私がいても気づかない人たちに慣れていた私としては、これも気詰まりだった。先生は椅子を回さず、軽く後ろに引いて立ち上がると、私の顔を見て眉をひそめた。

「どうしてそんな顔をしているの」

喉に何か詰まっている気がした。私はやっとつばを飲み込んで言った。

「先生、もう私を呼び出さないで下さい。私、本当にカウンセリングなんか必要ないんです」

先生が驚いたように口をちょっと開き、髪をかき上げた。周りには礼儀知らずだと言って叱りそうな人はいなかったけれど、いても構わなかった。ヒョンスが私を全然覚えていなかったことに動揺していたのか、私にしては珍しく、先生をまっすぐ見て言った。

「問題を起こしてもいないのにしょっちゅう呼び出されると、いらいらします」

先生がまた椅子に腰かけた。革の椅子のクッションが押さえつけられてキイッと気分の悪い音を立てた。先生は怒らず、髪を何度かかき上げると、またまっすぐ私を見上げた。

「あなたはこのままでいいの?」

いいも悪いもないでしょ。そう叫びたくなった。私は希望のかなわないのは私一人だと信じるほど子供ではなかった。母に会いたいと食卓ですすり泣く幼児でもない。時々鏡を見て自分の存在を確認しなければならないからといって、母がこの数年間、私の誕生日にも電話してこなかったからといって、好きな男の子が、私と五年間も同じ学校に通ったことに気づかなかったからといって、十年間学校に通って私の名前をちゃんと覚えてくれた先生は、今の担任が初めてだからといって、特に残念だとは思わない。

「このままだといけませんか?」

先生はゆっくり立ち上がり、私の髪をなでた。

「そう、ずいぶんつらかったのね」

先生の手を避けようとして顔を伏せ横を向くと、職員室の床に涙がぽとりと落ちた。

2

チョンヨンは三段目の引き出しを開け、新しく入ったファイルの束を取り出した。肩が凝っている。この仕事はすべてのプロセスが過度に労働集約的だ。セキュリティー処理された書類を通じてでなければいつ混乱が生じるかわからない状況は理解できるが、それでもジョンのように不運なケースにぶつかると、何か他の方法はないのだろうかと焦ってしまう。ジョンは職員室で涙をぽとぽと流した。せめて空間不一致だけだったなら今ほどつらくはないだろうに、ジョンは実年齢と表面上の年齢も数カ月違う、時空間同時不一致だった。そのため、どうしても存在感は薄い。十六歳まで耐えていたのも偉いが、徐々に限界に近づいているのが見えた。かすかに光るジョンを初めて教室で見た時は驚いた。自分の世界ではない場所で、十三歳過ぎまでアイデンティティーを維持する人はほとんどいなかった。たいていは発見される前に消え、チョンヨンのように残った数人は、もはやどこにも〈自分の世界〉を持たない。

午後遅い時間で、他の先生たちはほとんど帰るか、それでなければ自分の教室にいた。春雨というには遅く梅雨にしては早い小粒の雨が、人の少ない職員室の窓を叩き始めた。チョンヨンは肩を何度か叩き、椅子を一段低くした。世界の境界を通過する時にだけいつも感じる、身体がばらばらにほどけて再びしっかりまとまるような感じが訪れ、消えた。黄色いファイルを出して開いた。チョンヨンがジヨンから今まで読み取ったヒントを元に、他の世界のバランサーたちが調査した結果だ。非同時的同時性を帯び、瞬間ごとにそれぞれの未来に散らばる数多くの世界の間には、コーヒーフィルターの小さな穴のような隙間がある。バランサーたちはまるで宇宙船の内外の気圧を調整するように、ジヨンのように誤って隙間から抜けてしまった人たちを元の世界に送り戻し、各世界間のバランスを維持する仕事をしている。最初から隙間に生まれた人たちもいたし、自分の世界が探せなくてバランサーになる人もいた。

今度入ってきたレポートには、ジヨンの世界かもしれない所が二つ記されていた。今まではずっと徒労に終わった。それらしい世界を探し出すたびにジヨンを職員室に呼んで椅子に座らせ、隙間にはめ込んでみたけれど、合わなかった。同じ人生が存在しないように、同じ世界も存在しない。表面上はどう見えていたとしても、実際にジヨンにぴったり合う世界は一つしかない。ジヨンに状況を説明して解決できる問題ならずっと簡単だが、他の世界だの時空間の不一致だのという言葉を信じてくれることも期待できないし、自分の世界を自分から訪ねてゆくことは不可能だ。隙間を直接覗きこんでその世界に似合うかけらをはめ込んでゆくのは、バランサーだけができる芸当であり、仕事だ。チョンヨンはため息をつき、今日、ジヨンが職員室に残していった異界のかすかな痕跡を拾って三段目の引き出しに入れた。

「昨日はすみませんでした」

泣いて帰った日の翌日だった。前日から雨を降らせていた黒い雲が、空を重苦しく覆っていた。呼び出されなくても自分の方からやって来たジョンは、気まずい顔で頭を下げた。おかっぱの髪が顔の輪郭を滑り落ち、ちょっとばらけた。

ジョンの立場に立って考えれば謝る必要はないのだが、チョンヨンはこの機会に、厳しい表情で口を閉ざしたままジョンを観察した。錯覚ではない。髪の先が半透明にかすんでいる。臨界点に近づいているのは明らかだ。

「昨日はいったいどうしたの。悩みがあったら先生に話してごらん」

ジョンが顔を少し上げてチョンヨンの表情をうかがった。ジョンの眼が一瞬消えてまた現れると、チョンヨンは焦って椅子から立ち上がり、ジョンの肩を押さえて座らせた。ジョンはまごついてちょっと立ち上がりかけたけれど、また椅子にもたれて自信のなさそうな顔でつぶやくように言った。

「私もわかりません。自分がここに存在していないような気がするんです」

大粒の雨がガラス窓を叩き始めた。視野を曇らせる湿気のせいか、他の誰かにとっては遠い未来である過去に通り過ぎた灰褐色の大気が、記憶の中からよみがえった。チョンヨンがジョンぐらいの年齢だった頃の話だ。小さな宇宙船の窓の外では、アンモニアの雨が灰色の空気層に降っていた。チョンヨンは、宇宙船の外に飛び出してしまうことを恐れるように、安全ベルトを両手でつかんで座っていた。たくさんの世界とたくさんの時間を通過したベテラン副機長がチョンヨンの前にひざまずいて眼の高さを合わせ、口を開いた。彼はそれよりずっと遠い過去にできた隙間と、ずっと遠い未来に定まったバランスのことを話した。チョンヨンは彼の言葉をすべて理解することはできなかったけれど、彼が通ってきたたくさんの雲や、そこから舞い落ちるさまざまな色の雨粒だけは、ありありと思い浮かべることができた。だから、航海が終わる前に選択した。チョンヨンは、制服の上着の裾をいじっているジョンを見下ろしながら、もし最後の瞬間まで待ったならば、自分の世界を探し出すことができただろうかと考えずにはいられなかった。もしそうしていたら、十六歳の地球人の存在蓋然性に関する報告書を一枚ずつ読みながら地球の大気を呼吸する代わりに、本当の自分の世界で現在を生き、ゆっくり年を取ることができたのだろうか。

背もたれに手を当て、一つ目の世界に椅子を回した。似てはいるけれど、今度の世界も違った。チョンヨンは半分ほど鮮明になっていたジョンが、隙間の上で再び薄れてゆく様子を、落胆しながら見ていた。時間がない。

「中学生の時」

椅子が回ったはずみに視線が窓の方に向いたジョンが、突然話し始めた。

「となりのクラスに、ある男の子がいました。前から名前と顔は知っている子だったんです。ある時、家に帰る途中で偶然一緒に歩くことになったんですけど、本当に楽しかった。特別な話はしなかったのに、一緒に笑いながら、特別楽しかったと思いました。なのに次の日、廊下でまた顔を合わせたから挨拶すると、私のことがわからないんです。わからないふりをするのではなく、本当にわからないんです。前にも時々そんなことがあったけれど、その時はなぜかひどくショックで……。何と言ったらいいか、私がよく見えない半分だけの存在だと確認されたような気分でした」

ジョンの声は切迫してきた。

「私はちゃんと存在したいんです。誰もが知っている人間にならなくてもいいから、特別ではなくてもいいから、最低限、そんな子がいたと覚えてもらえる人になりたいんです。どうして駄目なんでしょう。私はどこか変ですか。一度でも、ここが自分の居場所だという感じを受けたいんです。浮いてるみたいな、すぐにでも地面が消えてしまいそうな感じはいやです。私の性格に問題があるんでしょうか」

ジョンは必死に鮮明になった。チョンヨンは深いため息をつき、膝を曲げて低い姿勢を取った。

湿った空気は埃、チョーク、梅雨の匂いがした。チョンヨンはジョンの問いの答えを知っていた。質問の必要がなくなることを切に願い、椅子の肘かけに力なく乗っているジョンの手をそっと握った。

「あなたのせいではないの」

チョンヨンが力をこめて言った。ジョンが不安な眼でチョンヨンを見た。

「でも……」

チョンヨンが椅子を二段階上にあげて、半回転させた。椅子から、ぱっくり隙間の開く音がした。ジョンが揺れ、雲の中から飛び降りる準備をしている雨粒のように、鮮明になり始めた。ある人々にとっては見たこともない宇宙の真ん中で、チョンヨンがこんなふうに揺れた瞬間があった。チョンヨンは、ジョンにあの隙間の向こうにたくさんの世界があると、ジョンも望むならその間に果てしなく散らばって生きていくことができると言ってやりたかった。合わない世界で久しく耐えてきたジョンを、立派だったと心から称賛したかった。チョンヨンはそうする代わりにジョンの眼をまっすぐ見て、もう一度言った。

「あなたのせいではないの」

そして、隙間が閉じた。

3

「大丈夫?」

先生が心配そうな顔で私を見下ろしていた。私は眼をぱちぱちさせ、先生の回転椅子からよろよろと立ち上がった。

「え……はい」

「ああ、驚いた。遅くまで引き留めてごめんね。疲れたなら、そう言えばよかったのに」

「こんなことはめったにないんですけど……今日はお天気が悪いせいだと思います」

先生が面食らって窓に眼を向けた。雲が一つか二つ流れている明るい空には、まだ太陽が出ていた。

「処暑が過ぎて、だいぶ涼しくなったじゃないの。ずいぶん暑さに弱いのね。じゃあ、帰りなさい。手伝ってくれてありがとう」

私は口ごもりながら挨拶して職員室を出た。少しふらふらした。天気のせいではないかもしれないけれど、具合が良くないのは本当だ。後ろの戸を開けて入ると、誰もいないはずの教室で、誰かが立ち上がった。

「戻ったのか。ずいぶん長いこと、先生の手伝いをさせられたな。チャイムが鳴っても戻ってこないから、俺が荷物をまとめておいたよ。それに、携帯忘れていっただろ。お前んちのお母さんが電話してきて、晩ご飯は食べてくるのかと聞くから、一緒に食べて帰ると思うと返事しておいた。映画に遅れそうだ。早く行こう」

ヒョンスが私のカバンを軽く叩きながら言った。突然、教室の床をしっかり踏みしめて立っている感じがした。私は思わず言った。

「ただいま」

いぶかしむように眼を細めて私の顔を見ていたヒョンスは、やがて私のカバンを肩にかけて、微笑んだ。

「ああ、お帰り」

「検索不可能なものは存在不可能だ」

永登浦《ヨンドゥンポ》に刑務所があるの、知ってますか？　……それは学校。咸興《ハムン》にでもありそうな刑務所ですよ。それがソウルにあるんです。九老《クロ》消防署近くに。ああ、当然、地図には載っていません。検索しても出ませんでした。ソウルに住んでいる私ですら、以前はまったく知らなかったんですから。住所はよく知りません。二階建ての建物が二棟、三棟だったかな？　そんなに大きくありませんよ。地図にはないけど、そこにあると思って行けば探せます。兵士が何人も警備していますから。タワーマンションと、垣根一つ隔てて。あんまり近くてびっくりしました。タワーマンションの人たちは、刑務所があるおかげで眺めを遮る建物ができないからいいでしょうね。とにかく姉と最後に会ったのはその時です。永登浦刑務所で。

会ったのは数年ぶりでした。ものごころついてから、ずっとそんな感じです。年が離れていて一緒に学校に通ったこともないし、私が一人で旅行できるような年齢になった時には、姉はすでに留学していました。それはご存じですね？　姉が留学していたのは。よく知られていることだから……。

母は留学して悪いものにかぶれたのだと言いますが、私の見たところでは、最初からそのつもりで行ったんです。人間は、そんなに短期間に思想を変えたりできないでしょう？　姉は子供の頃からここがちょっと変だと思っていました。私はわかっていました。実は、ひどく不満を持っていたんです。ただ頭がいいから、そんな素振りをあまり見せなかっただけなんでしょう。あるいは、母はただ知らないふりをしていたのかもしれません。

うん、おそらくそうでしょう。母が知らなかったはずはないんです。あの時のことは、今思ってみてもちょっと変です。母はどうして姉を止めなかったんでしょうか。姉が大学院に入る時には、そのうちやめるだろうと思っていたとしても、留学する時には止めることもできたはずなんですから。見ないふりをしたって問題がなくなりはしないのに。その点は本当に理解できません。怨めしくも思います。家族全員、成分認証制に縛られるのは眼に見えているのに。私も母の子なんだから、年端の行かない妹にまで被害が及びそうなら、親がやめさせるべきじゃないですか。結局、私まで何十年も苦労させられたんです。

面会時間は十五分で、デジタルストップウォッチのある小さな部屋で向かい合って話すことができます。アクリル板みたいなので遮られていて、声はマイクを通じて聞こえました。板に小さな穴でも開いているかと思ったけれど、完全に遮られていました。監視する人はいません。監視カメラは当然あったでしょう。監視カメラなんか、至る所にあるんだから。

もともと母も一緒に行くことにしていたんですが、朝、新しい苗木が入ってきたから行けないと電話してきました。キャンセルするのも何だから、一人で行きました。実は、母が一緒に行くと言った時から、来ないような気はしてたんです。姉が出獄して会うならまだしも、あんな姿を見たって、お互いにいいことはないでしょう。それでも母は姉のことが自慢でした。私ではなく。成分表に傷をつけたのも、家族全員を長年苦労させたのも、要監視家庭であるために一泊旅行すら一度も行けなかったのも、いくら大きくて立派な苗木を育てても政府が経営する農場や花壇には一つも納品できなかったことも、すべて姉のせいなのに、それでも母の自慢は私ではなく、姉でした。

意外に元気そうでしたよ。やつれただろうと思っていたけれど、適度な肉づきで、元気そうでした。肌も白くてきれいで。やはり肌は生まれつきです。あの年で、あんな顔だなんて。

手ですか？　うーん……よくわかりません。覚えてません。ずっとテーブルの下にあったみたいで。手首？　わかりませんってば。そもそも見えていなかったと思います。青い長袖の服を着ていたのを覚えています。くすんだ青で、姉の性格からすると、あんな服はいやだろうと思いました。実際、そう言いましたし。まあ、数年ぶりに会って特に話があるわけでもなく、だからといって、どうしてあんなことをしたのかとも言えず、肌がきれいだ、服の色は気に入らないだろう、趣味じゃないはずだ。そんなことを言ったんです。気に入らなくても仕方ないじゃないかと言って笑ってました。昔どおりの声を聞いて、私は泣きそうになりました。あんなに気苦労をかけておきながら。気苦労だけじゃありません。あんなに家族に迷惑をかけて自分の好きなことをして歩くのなら、捕まっちゃいけないでしょう？　あの日、面会に行くために会社の半休を取ったんです。考えてみると、それがひどく悔しいんです。

だから、あんなことをしておいてよく笑えるねと声を上げました。すると、じゃあ泣こうか？　そう言うから私はあきれて、何を言っても無駄だと思いました。何とか分子って人たちは、だから駄目なんです。私は最近も時々ニュースに危険分子の話が出ると、すごいと思うより、悪い奴だという思いが先に来ます。あの人たちにも家族がいるだろうに、家族はどうやって暮らしてきたんだろう。あの年なら両親は還暦ぐらいになるだろうが、その年で成分表に赤い線を引かれてずいぶん苦労したんだろうな。そんなことを考えます。大志を抱くのもいいけれど、あんなに利己的に生きては駄目でしょう。ええ、もちろん。私たちが生活に困っていたわけでもないのに。私は姉が何を主張していたのか、最初からよくわかりませんでした。インターネットに接続するのに成分証明が必要なのが、そんなに大きな問題だったんですか。情報網を政府が管理するのも、私は何とも感じなかったんですけど。テレビや新聞でもニュースがわかるんだから、何でも見たり読んだりして暮らせばいいのに。隠したいものがある人が怖気づくんじゃないんですか。

「ええ、知っていて植えました。実際に咲くとは思わなかったのですが、水はせっせとやりました。失敗した方がいいかもしれないと思ったこともあります。よく考えると恐ろしかったので。でも、あの程度は、少なくともルーター数本を植えるぐらいは、やりたいと思いました」

姉が何と言ったかって？　笑ってました。え？　他の話はなかったと思います。父は元気か、母は元気で暮らしているかと尋ね、夫の安否を聞き。私の夫です。離婚したと言ったでしょう。ああ、それは姉とは関係ありません。ただ、あいつが……。今思うと、私の考えが浅かったんです。

成分表のこともそうです。ほら、結婚式場の入り口に成分表を貼り出すでしょう。そのために、両親はずいぶん傷つきました。適当に書いておけとも言われましたが、そうもできないじゃないですか。間違いなく誰かが来て確認するんだから、偽造して調査されたりしたら、向こうの親に恥ずかしいでしょう。結婚式で何か言われたら、一生、後を引きますよ。

今思えば、あいつの家もたいしたことはなかったのに、うちの両親はまるでうちが弱点をつかまれでもしたみたいに……成分にちょっと傷がついたとはいえ、姉は国に選ばれて留学までしたんですよ。外国で賞ももらったじゃないですか。その時は知らなかったけれど、ちょっと威張っておけばよかった。両親も一年中、昼も夜も花を栽培して私を育ててくれたし、考えてみれば、何もない家より、成分表に何か一つでも変わったものがある家の方がましじゃないですか。姉は結婚式には来ませんでした。来られなかったというのが正しいでしょう。あの時も指名手配されてましたから。警官がたくさん来て結婚式をめちゃめちゃにするのではないかと夜も眠れなかったけれど、数人しか来ませんでしたね。

手配のビラも出回っていましたが、あれ、実は私の写真です。服は合成ですけど。私と姉はよく似てるんです。二人とも知っている人たちは、印象が全然違うと言うけれど、それは人物を知ってるから違って見えるんで、片方だけを知っている人たちは、よく似ていると今でも言います。自分で見ても、写真では似ています。子供の時の写真は、本当にそっくりです。

写真合成は、不法ではあります。でも政府がやるなら不法ではないはずです。姉の最近の写真がないことを、おおっぴらにしたくなかったんでしょうね。断るって？　断れませんよ。お宅に指名手配された人はいないでしょう？　家族が指名手配されたら、どんなに暮らしづらいか知っていますか。それに、ただで使われるのでもなかったんです。写真代をもらったのではないけれど、その月には結婚準備であまり仕事ができなかったのに、会社からボーナスがたっぷり出ました。おかげで両親は花畑に新しく電熱線を引きました。

「普通の花だと思った。ほんとだったら。だって植木鉢に植えてあるし、水をやったらどんどん伸びるんだから花だと思うじゃないか。水を吸って太陽光を浴びて作動する機械だなんて、誰が想像する？　そんなすごい機械があることすら知らなかったのに。この頃、花屋に行くと、見たこともないような珍しいハーブがいっぱいあるじゃないか。妙に成長が早いなとは思った。誰かにもらったような気がするけど……。うん、そうだ、となりに引っ越してきた学生がくれたんだ。半地下でもよく育つから、窓辺に置いて眺めて下さいって、家が園芸店をやっていると言ってくれたんだ。おや、若いのに偉いねって言った。顔はよく覚えていない。髪がこれくらいまで届く女の子だったけど、二、三カ月後に、またどこかに引っ越していった」

後に聞いたところでは、その時姉は義州《ウイジュ》で土を掘っていたそうです。姉は生涯、そんなことばかりやっていたみたい。掘り返すこと。子供の時は本の内容を掘り下げ、大きくなってからは土を掘り返し。シャベルを持ってインターネットのケーブル網を切断して回っているという話を、家に来た捜査官から初めて聞いた時には、本当に気絶しそうでした。外国にまで行って勉強したのが、他の国では好きなようにインターネットに接続して検索でき、いちいち成分証明をしないでもいいということだなんて、コンピュータ工学専攻でもないのに、いったい何を勉強してきたんでしょうね。

まあ、姉の考えは違うんでしょう。その日もそうでした。土を掘って回っている間、妹が離婚したことも知らなかったのかとなじったら、姉は掘るのではなく、植えていたと言いました。これ以上、人々の声が埋もれないように、太陽の光を植えたのだ。そうするには、いったん掘り返さないといけないんだと。

感動しましたか？　言うことはもっともらしいんですよ。姉の話は、いつも説得力があるんです。子供の頃はどれほどだまされたかしれません。未成年は国防募金に寄付しなくてもいいと言うから、そうかなと思っていたら、先生に、あなたは愛国精神もないのかと叱られました。あんたも幸福でのびのびと暮らせる世の中を創るのだと言うから、私が、頑張ってねと言ったら、留学して姿をくらませてしまいました。姉にとって私たちは、八千万人いる国民の中の一人に過ぎなかったんです。家族にとって姉は、四人のうちの一人だったけれど。そんなに太陽の光を植えたいのなら、両親の園芸店を手伝えばよかったのに。

それ以上聞いたら、また怪しげなことを言い出しそうなので、勝手にしてくれ、出所まであとどれぐらいなのかと聞くと、公式には四百三十九日後だが、出してくれるかはその時になってみないとわからないと言いました。外の仕事がうまくいったら、もっと早く出られるかもしれないとも言ったけれど、あまり期待してないようでしたね。出所の話には興味がないようでした。あの時は、こんなことになるとは思ってもいなかったようです。

外の仕事ですか？　詳しいことは言いませんでした。私も聞かなかったし。聞いて面倒なことが増えたら困るじゃないですか。知らない方が身のためでしょ。ああ、それから切手を差し入れてくれと言いました。いったん、わかったと返事をして、帰りに、モニターを見ている兵士に聞いてみました。切手を差し入れていいのかと。言われたとおりにして、姉のことに巻き込まれたらいやじゃないですか。構わないと言うから、封筒に切手を百枚入れて送りました。

「いや、成分認証制を廃止しろと政府に抗議するのはわかるが、検閲のない無線情報網を新しく全国に張り巡らせようだなんて、はっきり言って狂気の沙汰じゃないですか。朝鮮半島は小さな田舎町じゃないんだから、常識では考えられませんよ。最初は冗談だろうと思ったけど、本当に土を掘り出したのには驚きました。全国八千万人が同時にやるならともかく、数人がこっそり土を掘り返して政府のケーブル網を切断し、マスキングしたルーターを植えたって、そんなことが実現しますか。その頃には手を引かなくてはいけないと思いました。だから抜けたんです。その時点では、自分の考えは正しかったと思います。私もできる限りのことはしました」

それからは……面会はしたんだからもういいと思って、忘れて暮らしました。生活に追われてもいたし、姉の顔色が意外に良くて安心もしていました。でも家族だから、母に電話して、お姉ちゃんは元気だった、ちゃんと食べて寝ているみたいだったと伝えてからは、義務を果たしたような気がしました。植木鉢ですか？　うちは植木鉢だらけですよ。ああ、それは……わかりません。え？　わかりませんってば。姉がそう言ったんですか。いつ？

ふう、ええ、そうです。受け取りはしました。郵便で送られてきたんです。〈桃〉と書かれた封筒で。いいえ、錯覚したのではありません。桃の種ではないことぐらい、私にもわかります。園芸店の娘ですから。部屋の隅に置いておきました。最初は。捨てることもできず、姉を怨みました。捨ててもうちのごみの中から発見されたといって警察が来たらどうしようと思って、困り果てましたね。

私は、今も郵便が来ると、小さくちぎって捨てます。特に住所や名前はわからないように。ビニールでできているものはハサミで子音と母音まで切り離します。それが習慣になってるんです。今思うと、姉を見習ったみたいです。姉はいつもそうしていました。危険分子になる前からだったと思います。姉はそういうことに、ちょっと敏感でした。一緒に暮らしている時は、食卓の前に座って封筒や書類を小さく切ってから、一部を選んで持って出かけていました。家の外のごみ箱に分けて捨てると言っていました。その時は特に不思議には思いませんでした。中学生の時だから、姉がすることには全部理由があるのだと思っていました。両親も、姉がそうするから一緒になってせっせと切って捨てたんです。そう、だまされてたんですよ。

とにかくおかげで政府は、私たちが姉の家族で、どこに住んでいるかは知っていても、外国に行った姉がどこにいるかはわかりませんでした。いくら探しても住所や名前が出ないから、相当いらいらしたでしょうね。今でこそ言えることですが、警察が家族をつけ回して姉の消息を待っているのが、ちょっといい気味だと思ってましたよ。姉が指名手配されている間、不便で仕方なかったのに、とうとう姉が捕まってしまうと、虚しい気がしました。ああ、あんなに隠しても駄目だったんだな。姉も最後まで逃げおおせられなかったんだな。どうせ捕まるんなら、父が手術する時、病院にちょっと顔を出せばよかったのに。どこにいるか、家族に知らせてくれればよかったのに。父が、姉が捕まるのを病室のテレビで見ながら、娘が元気でいるのがわかってよかったと言った時は、本当に……。会社から病院に通っている頃だったけど、テレビに果物ナイフを突き立てたいと思ったな、あの瞬間には。

「あの子たちは純真だった。純真なのは、悪いことではない。若い子がちょっと純真なぐらいでこそ、人間らしい世の中なんじゃないかね。でもあの子たちも実は、夜、一緒にパンフレットを折っていた仲間たちが、どこで生まれて何高校を卒業してどうやってうちの大学に入ったのか、親の職業が何で年俸がいくらで家族にどういう病歴があるのか、すべて知っていたじゃないか。つまり自分たちは信用できる仲間だと思って集まっていたはずだ。それなのにネットワークを開放すべきだとか、成分認証制を廃止すべきだとか、純真な主張ではあるけれど、本当にそんな世の中が来れば自分もそれだけ危険にさらされるということを考えなかったようだ。ナイーブな子たちだったな。だから、子供が小さい時にあまり自由にさせるのも良くない。今の世の中を見ろ。情報がどれほど恐ろしいのか、みんな知らないんだよ」

桃の種ですか？　いえ、さすがに植えはしません。花畑？　とんでもない。両親を、あの年で永登浦刑務所送りにできるものですか。何であるかはっきりとはわからなくても、植えて私にいいことは一つもないだろうということぐらいは想像できます。何年も、あの姉の妹として暮らしているんですから。燃やすにしても、マンションの真ん中で火事を出して捕まるんじゃないかと怖くて、それもできませんでしたよ。

だからどうにもできないまま持っていたけど、ずっと家に置いておくと、種の入った封筒が監視カメラに映るのではないかと不安になったんです。リビングルームのカメラはいつもつけておかないといけないから……。ひょっとしてカメラに映って警察が来るかもしれないじゃないですか。うちは要監視家庭だから、絶対カメラをつけておかなければいけなかったんです。ちょっと消しても、管理室から電話が来ました。まったく迷惑でした。

届け出る気にもなりませんでした。手紙の封筒が一つ来ただけなのに、また警察に行って調査されて面会でどんな話をしたのか話したりしなきゃいけないじゃないですか。それにそのためにまた会社を休めば勤務評価の点数も低くなるし、忙しい時期だからそんなことに煩わされたくはなかったんです。姉が留学先から戻り、成分表に住所登録をせずに行方をくらませた時、母の所はもちろん、もう花畑には出られなくなって結局入院した父の所にまで警察が来て、何日もしつこくされました。あのつらさは本当に、経験がないとわかりませんよ。あの時のことは、今思い返してもぞっとします。忙しくて、高温期なのにろくに肥料をやれなくて、観葉植物もたくさん枯れました。二度といやです。私たちだって知っているはずはないのに、どうしてあんなにいじめるんですかね。政府が知らないのに、私たちが知ってるはずがないじゃないですか。私たちをいじめたら姉が出てくるとでも思ったんでしょうか。姉がそんな人ではないことも、家族より国がよく知っていたでしょうに。

「オーガニックルーターは卓越した発明でした。それまで闘争には終わりが見えませんでした。ケーブルを切断し、検閲解除したルーターを植えれば政府がまたケーブルを元どおりにつなぎ、逮捕し、そしたらまた夜にシャベルを持ってまた切断しに行くことの繰り返しでした。目立たないほどいいから芝生のような形にしようという意見もありましたが、彼が、電池面が広い方がエネルギー効率がいいから、花の形にしようと言ったんです。多少はロマンチックなところもあったんじゃないでしょうか」

うーむ……そうかもしれません。さあ。そう思えば、気は楽だろうけど。よくわかりません。私が姉の年になったら理解できるのだろうかと思いましたが、その年齢を過ぎ、姉がもう指名手配もされず危険分子でなくなった今でも、納得がいきません。インターネットやテレビに出る姉は、永登浦刑務所で見た姉よりも、遠い人に思えます。今の私の年に姉は……何をしていたんでしょう。大邱《テグ》？　大邱で何をしていたんですか。花壇の整備？　その時もケーブルを切っていましたか。根気よく土を掘ってたんですね。私は本当に理解できません。何がそんなに切実だったのか。

姉がくれたから捨てられなかったとか、姉の信念に内心、少しは同調していただなんて書かないで下さいよ。そんな考えはなかったと思います。ええ、違います。そうだったら、ちゃんと花畑に植えたはずです。私はあんなにたくさんの人たちがあの種を育てているとは、想像もしていませんでした。姉が一人、いや、一人でないとしても、数人で無謀なことをしているのだと思っていたんです。どこにも出てなかったじゃないですか。ニュースにも新聞にも、人々の会話にも。

本当に花だと思って育てた人もいたかもしれないけど、まさか数百万人がみんな錯覚して育てたのではないでしょう。

うちは十二階だから、適当に散って風に飛ばされれば、私の責任にはならないだろうと思いました。たくさんありました。桃の種より小さな、粒というより粉みたいな物が封筒にいっぱい入っていました。トイレの換気窓の外に封筒だけ出して振りまきました。その下に花壇があるんです。もちろん細かく切って捨てました。一部はトイレに流し、残りは会社のトイレの

封筒？

ごみ箱と、電車の駅のごみ箱に分けて捨てました。いえ、全然残ってません。そんなのが、記念になりますか？

敢えて言うなら、罪の意識だったのかもしれません。何はともあれ姉妹なんだから、一つも芽が出なければ、いつか姉に再会した時、申し訳ない気がするだろうと思いました。姉が考えていた良い世の中がどんなものか、はっきりとはわからないけれど、どうやら私もその良くなった世の中に暮らしているみたいだから。

良い世の中になったと思いますか。もう姉の名前が検索禁止ワードではなく、うちが要監視家

庭ではないというのは、確かにいいですね。さあ。他はまだわかりません。父の数値も下がらないし私の給料が上がったわけでもないし。何より、姉は帰ってこなかったじゃないですか。

でもあの日、あの〈開花〉は見事でした。テレビとモニターと監視カメラの赤いランプが一斉に消えた夜、花をぱっと開いて一度に咲き出した赤い花は、本当にきれいでした。ベランダの外に顔を突き出して赤い花びらがいっぱい揺れる花壇を見下ろしながら、私は初めて、姉を理解できるような気がしました。

私たちの中であの音を最初に聞いたのは、私ではなくＨだった。よりによって自分が最初だったことはＨとしてもうれしくなかっただろうが、私はＨみたいな奴に先を越されたことに、内心むかついていた。私なら、すぐに聞き分けられたはずなのに。

窓に一番近い隅の席に座り、日差しが熱いだの窓を開け放てないから息が詰まるだのと不平を並べ、書類もテンプレートを使ってワードで作成してｅメールで提出すればいいものを、ブレインストーミングをするとかなんとか言ってわざわざ森林を破壊していたＨがわが部署の一番打者だなんて、考えてみればこれほど悔しいこともない。Ｈが、自分の頭がおかしくなったと思って人知れずカウンセリングを受け、がりがりに痩せていったのを、ダイエットに成功したようだと羨ましがっていた頃を思い起こすと癪《しゃく》に障って、新しくできた触角の下の肉がぴょこりと飛び出しそうな気がする。

口がなくなるまで当たり前のように自然主義を信奉（？）していたＨに、「ねえ、あなたの席が暑いのは、日当たりがいいこともあるけれど、開放できない窓が温室効果を上げているからですよ。温室効果を。グリーンハウスエフェクト、知りませんか？　高校で習わなかった？」などと、思いつくまま言葉を浴びせてやれないのが、今でも悔しい。〈あの音〉の前に感じていたもやもやとした感情は、〈あの音〉と共に現れた新しい感情に覆われ、ほとんど消えてしまったのに、Hに対する不満はまだこうして残っているのだから不思議だ。

ともあれ、始まりは音だった。かすかなモスキート音のようなものが聞こえ始めた。ほら、以前ちょっと流行ったでたらめな〈聴覚年齢テスト〉で若者にだけ聞こえるという、あの高い周波数の音だ。最初は、会社の近くで工事でもしているのかと思った。

この町の人々は、いつも何かを建てたり壊したり修繕したりしていた。ビンテージだのアンティークだのと言って原木家具を入れ、天井は眼の疲労を和らげてくれる緑色にしたかと思うと、その次には建物ごとに窓を大きくして強化ガラスを入れた。あの音が聞こえた頃は、窓辺に植木鉢を置くと言って騒いでいた。そのまま暮らしていればおそらく四、五年後にはシックな都市の感性だの何だのと言って、斬新なことでもするみたいに、ガラス窓をまた付け替えたかもしれない。

もちろん今では誰も——少なくとも残っている人たちは——そんなことはしない。人々はもう建物の外観を変えることには執着しない。重要なのは、もはや私たちが入っている建物ではない。

私たちの身体そのものだ。人々は身体で作り出せるものでなく、〈身体を通じて〉作り出せるものに集中し始めた。その現象が音から始まったために、最初はたいてい触角に最も力を入れた。

Ｈの触角は耳の後ろに生えた。最初は小さかったから必死に髪で隠していて誰も気づかなかったけれど、すぐに髪では隠せない大きさになった。とても繊細な、銀色の触角だった。こんな表現は変かもしれないが、初めて聞こえ出した〈あの音〉に形を与えれば、あんなふうになるだろうと思った。その触角は、風が吹くと揺れさえしたのだ！　ひょっとすると私がＨに対して今まで時々感じていたいら立ちは、Ｈにそんな触角を創り出すだけの感性があったという事実に気づかなかった自分自身に対する憤りなのかもしれない。

私の触角は、Ｈの触角が会社の人たちにばれた数日後、頭のてっぺんににょきっと生えた。場所も場所だが、初めから大きかったから隠すも何もなかった。短くて、上に丸い球がついていた。私のデジタル感性がこんな形態を取るとは思わなかったけれど、鏡の前で首をかしげてまじまじと見ると、特に球の部分が気に入った。ゆがみやデコボコのない、完璧でなめらかな球だった。触角ができてからは三百六十度、周りで起きることは見聞きするだけではなく、伝達することができた。触角が完成すると、私はハブとしての役割を果たす人間の一人となった。精神を集中して、入ってくる情報に気持ちを乗せれば、増幅することもできた。そのため情報消化力の低い人たちからうるさいと言われることもあるが、たくさんのことを見て解読できる触角は、以前とは明らかに〈別種の〉楽しみを与えてくれた。

触角の次に人々が関心を持ち出したのは、光だった。音と信号に反応してぴかぴか光る明かりがあちこちにできた。最初はコンピュータなど周囲の機械に反応して身体に明かりがつくから、気が散って仕事に身が入らないという不平があった。それぞれスピードに差があり、まとまるのに少し時間がかかったものの、みんながコンピュータの前に座らず自分の身体で働く今、私たちに聞こえる音、聞こえない音、思考が送る信号が視覚刺激に変わり、サイボーグの身体を伝って光る様子は、美しい。私の触角は視覚刺激もすべて聴覚化して送るタイプなので、うるさいけれどまぶしくはない。私の身体で光る部分は手のひらと足の裏ぐらいだ。私の光信号は素朴だ。身体は今でも変化し続けているから、いつかはあちこち光るかもしれないけれど。

サイボーグになると、私の身体は受け取るだけでなく、送る存在になった。以前私の持っていた五官は、送るより受けるものだった。眼で見て耳で聞いて鼻で匂いをかぎ舌で味わい、送る通路は口だけだった。もっとたくさんのものを、もっと遠くに、もっと多くの人々に送り出すには機械を使わなければならなかった。私に入ってきたたくさんの信号は再び外に出るチャンスを得られず、ぶよぶよした身体の中に死蔵された。あまりにも多くの経験が一瞬にして過去になり、ここではないあのどこか、忘却とロマンの世界に放り出された。

今、私の身体は受けると同時に送り出す。みんながそうだ。口はあっと言う間に消えたけれど、自然なことだった。〈あの音〉が聞こえる以前から、私たちはほとんど口で話をしていなかった。口で話すうわべの言葉より、ずっと多くのことを、お互いに口を閉ざしてモニターを見ながら指を使って話していた。〈あの音〉に始まった変化は私たちに、人間が一度も経験したことのない出口を与えてくれた。

機械になった全身は、同時に受け、解読し、送り、伝播《でんぱ》するのだから、口など必要ないだろう。自分の身体が楽器になり言葉になるプロセスを経てみると、口で話す言葉は、実に不完全な道具だった。現在送っている信号より劣っていたようだ。口しかなかった頃、口で伝えていたものもあった。発することができず、口の中に残った言葉をほろ苦くかみしめていたことも記憶に新しい。それに比べ、全身が送る信号は、なんと直感的で優雅なのだろう。

サイボーグになると機械に乗せる感情自体が硬く人工的なものになってしまうかもしれないという説があった。しかしそうはならなかった。本能的な感情は消えず、他のやり方で啓発されて現れた。それはすぐに確信できた。

もう少し具体的に言えば、触角ができてからは、否応なく周囲の信号をすべて受け取って解読するようになった——つまり、私にひどく嫌われていることを知った——Hが、（すでに事実上使い道のない）私のコンピュータを壊すと、新しいコンピュータを買う方がいいのか、どのみちみんな機械になりかけているのだから待つのがいいのか判断するために訪れた設備担当のKを見た日に、そう確信した。

Kの触角は、腕に生えていた。肘から分かれて出た大きな熊手形の触角は腕と同じく、上ではなく下を向いていた。ちょっと見には腕が三本になったみたいだ。Kを見るやいなや、私の触角の球が反応し始めた。

当時はわからなかったが、今振り返るとKはあの時、すでに光を放っていた。まだマイナス四・五ディオプトリの眼を主に使っていた私には、よく見えなかっただけだ。Kが踏んでいる床のタイルに沿って発光するらしい（実際に光っていたのだろう）。私の触角は確実に反応していた。Kの動きに従って空気が揺れ、明るくなる感じが伝わった。どこからか軽く鍵盤を叩くような音が聞こえてきた。私の耳が捉えられないその音は触角に波動として伝わり、音として認識された。

Kが私のパーティションの中を見回して言った。いや、正確に描写するならば、転音した。

「必要なさそうですね。片付けてしまいましょう」

Kの視線は私に向けられていなかった。何を見ていたのだろう。コンピュータと私とオフィスをいっぱいに埋めた音と（Kには見えていたと思われる）光信号を見ていたのかもしれない。私は自分より先にHが変化したことで意気消沈していたけれど、明らかに私より数段階進んでいた

Ｋには、いやな感じを受けなかった。Ｋの大きな触角はＫという存在を世に向かって開くドアであり、Ｋを守る守衛だった。堅固で確信に満ちているように見えた。Ｋがオフィスに入ってきた瞬間から放っていた感情のように。私たちすべてが突然経験し始めたこのすべての肉体的変化が、まるで彼には極めて自然だったかのように。

「はい」

Ｋがその次の言葉を発するまで私が何も言わなかったというのは重要でないのみならず、間違った回顧でもある。私は全身で悲鳴を上げるようにＫに叫んでいた。他の人たちみんなが気づくほど、Ｋに、私はあなたをとても魅力的だと思っていると伝えたのだ。私たちは非常に短い時間に非常に多くの感情を表現した。

そう考えてみると、怒りに任せて私のコンピュータを壊したＨに感謝すべきことも、一つはあったわけだ。

口が消えたのは、Ｋに会ってからおよそ十日後だ。〈あの音〉が聞こえ始めてからは三、四カ月過ぎていた。私たちは急速に変化した。いや、Ｋの変化は猛烈なスピードで進行した。私は最初にＫの触角を見た時、三本目の腕だと思った。アナログ的身体に拘束された、狭い見識だった。Ｋの触角は、サイボーグの最初の腕だ。そう気づいて感動し、Ｋの傍らにしゃがんで眠りこんだ日の翌朝、口が消えていた。

「これからどうやって飯を食うんだ?」

朝起きたKが、私をちらりと見て言った。

私はずっと以前から口がなかったみたいに答えた。

「食べなくてもいいみたい」

Kがうなずいた。数時間後、Kの口も消えた。そう、Kは適応が早かった。

〈あの音〉に始まった変化は、静かに広がった。Kが故障したコンピュータを見に来たのが少し前のことなのに、いつの間にか会社の備品が壊れようがどうしようが、気にしなくなった。いや、機械が壊れたら身体を変化させてそれに対応した。私たちの身体全体が機械であることが自然に受け止められるようになり、変化も容易になった。

会社は静かで平和になった。

もとは電話と会議の多い職場だった。絶え間なく電話が鳴り響き、ファクスがうなり、コピー機が会議資料を吐き出していた。複合機がまた紙詰まりだというぼやきも日に一度か二度は聞こえた。職員たちのスマートフォンがところ構わず響かせる、カシャカシャディリリンピコピコという音も、日常の騒音の一部だった。

雑多な機械音が充満していた空間を、私たちの作り出す静かな揺らぎが埋めた。私たちの出す音は、純粋な機械が出していた音とは、似ているようで違う。私たちの存在は機械を通さなくてもはっきり表れた。あちこちで動作を告げる緑のランプ、故障や使用中を知らせる赤いランプが消え、私たちの身体が点滅した。

Ｋと共に毎朝出勤はしたものの、実のところ、仕事を続けるべきかどうか、わからなかった。私のしていた仕事は人々の争いを仲裁することだった。仲裁と言えば聞こえはいいけれど、どちらの肩を持つのか決めなければならなかった。格式を備えた書類の中に脈打つ感情を適当に無視しながら、コンピュータのキーボードを叩くのが主な任務だった。

だから変化し始めてからは、仕事がなくなった。対立する両者の話はすべて触角を通して入り、また整理されて私を通じて出ていった。出勤は仕事をするためではなく、他の人がどれくらい変化したか、今日一日で世の中にはどんなことが起こったかを確認するプロセスだ。各自の身体は必要と感性に従ってそれぞれに変化した。数年一緒に働いてきた人の考えと感性を再発見した。今までは職場の同僚の気持ちにあまり興味を持っていなかったのに、身近にあった機械たちと同じ身体になっていくほど、その人のことがよくわかるようになるのは面白かった。それまで持っていなかった興味が湧いたことも、変化の一つかもしれない。

ある日、Kが言った。

「会社に来るの、やめようか」

私は他の人たちが同じ空間に座ったり立ったり浮かんだりして空気を揺らし光信号を発しているのを感じながら、きらりと光った。

「ここに来ないで、どこに行くの」

「どこに行ったってここと同じじゃないかな」

地球から消えたのかは定かではないが、テレビもインターネットもずいぶん前から見ていない。わざわざ出勤しなくても、たくさんの人々、少なくとも私のサイボーグ感覚器官が感知できる範囲のすべての人たちを感じられるのは事実だ。私たちは同じことを感じたわけではないけれど――Kに対する私の感情が、他の人と同じだと思いたくない！――機械化を通じて、共に存在し、各自が同時に感じた。〈感じた〉と〈表現する〉は、もはや同じだ。

「逆に、家に帰らなくてもいいだろうね」

Kがふと気づいたように言った。そうだ。物理的な空間はどうでもいい。私たちは存在対存在として接続していた。

私がうなずいた。

「今日はどうせ出てきたんだから、どこでも同じなら、帰らないことにしよう」

もう会社とも言えない、かつては会社だったある空間の中で、私たちと同じことを考えた人たちのパターンが、波のように広がった。

Ｋの熊手形触角が、澄んだ音を立てた。人間の喉では出せない美しい音だ。ティンティンティンティンティン。四角い空間を満たすサイボーグの音。蛍光灯がなくても、長方形のオフィステルの建物は明るく輝いた。誇らしかった。

私のパーティションだった所に二人で陣取り、どれほどの時間が過ぎただろう。私たちはもう時計を使わなかった。時間は相対的なものになった。たくさんの情報が同時に行き交う時は、ゆっくり流れた。特に何もない時には速くなった。私たちの身体はアナログ的な時間ではなく、何かを受け取り解読するのに必要な時間に合わせて時間を計った。私たちに残されたものは、時間ではなくリズムだった。信号を区切るリズム。

居残ることにしてから一日後だったか、十年後だったか。いや、十分後だったのかもしれない。Ｋの脚が消えた。脚のあった所には光が点滅する鍵盤のようなパネルができた。

「歩く必要はないだろ」

Ｋはシンプルに言った。Ｋの言うことは正しいと思ったのに、どういうわけか私の脚は消えない。私の口が消えたのを見て納得するとすぐ、Ｋの口も消えたのとは違った。これがＫと私のデジタル感性の差なのかもしれない。このすべての変化にもかかわらず、私はKほどのサイボーグではなかった。Kに新たにできた鍵盤パネルを見て、〈脚のあった所〉だと思い、Kの触角を、一つ目であれ三つ目であれ、とにかく〈腕のようだ〉と思った私に、Kのような変化は無理だったのだろう。口が消えたのは、一生にたった一度、まともに予習をしたみたいなことだったのかもしれない。

私たちの時間が別々に流れるようになったのも、その頃だ。いや、以前から起きていたことなのに、私はKの脚が消えてようやく気づいたのかもしれない。Kの時間の流れは私よりも速かった。Kは同じことに私ほど長い時間を必要としなかった。Hのような保守的な過去志向論者に比べれば、私の時間も決してのろい方ではなかったが、Kは群を抜いていた。私の小さくふっくらした触角が、頭のてっぺんという誰にでも予想がつきそうな所に生える時、人々が変化していきながらもコンピュータを使い続けるべきかどうか迷っている時、すっぱりと肘に熊手みたいな機械触角を創り出した人なのだから。

Kの腕が消えた。いや、腕がまた新たな触角になった。Kの感性がずっと遠くまで広がり、Kのリズムに合わせた振動が周囲を埋め、皆が当然のことのようにその振動に身体を委ねた。これがまさにこの時代に生き残った人類の属す自然だ。Kの存在自体が一つの音楽であり、芸術だった。私はＫのリズムに合わせて、Ｋが作り出す音楽を四方に転送した。触角の球が次第に大きくなった。私の手足は、触角とパネルでできたＫとの物理的距離を埋めようとするように、しがみつこうとするようにＫの方に傾いた。Ｋの身体が浮かび出すと、私は腕や脚だけが風船にくくりつけられたひものように上に伸びた。私は浮くことができなかった。

「ここでなくてもいいだろう」

Ｋの言葉が聞こえてきた。それは信号であり、芸術であり、挨拶だった。まだ残っている腕や脚を動かそうとしてみたが、Ｋの言葉を伝達するのに慣れた私の触角は、Ｋの挨拶を増幅した。ここでなくてもいいだろういいだろういいだろうお前のそばでなくてもいいだろういいだろういいだろういいだいい感情が自然に四方を覆いＫのパネルが華やかに輝き私に聞こえ聞こえないたくさんの音たち見え見えないたくさんの光たちが周囲からずっと遠くから聞こえてきた／見えた／送った／受けた／誕生／誕生／誕生。

Ｋが飛んだ。Ｋのように身体がそのまま音楽になり誕生になった他の人たちも、軽々と飛んだ。彼らの身体が抜け出し始めた建物に残った私には、まだＫよりゆっくり流れる時間がたくさん残っていた。ティン。私は触角で鐘を鳴らした。Ｋにだけ聞こえる、お別れの鐘を。

第二部

カドゥケウスの物語

引っ越し

「もう、だめだわ。ガドゥアルに行こう」

母さんの言葉を聞いてどきっとした。

夜遅い時間だった。チエがまた発作を起こし、父さんが会社を早びけして病院に行かなければならなかった日。学校で体育の授業があった日。学校から帰ってみると、両親も妹もいなかった日。来月、第3区域にある宇宙船工場のドームが開くから、新型超高速宇宙船の初飛行を見たい十三歳以上の生徒は保護者の許可をもらってきなさいという学級通信をにぎりしめて家に帰った日。僕が生まれて十三年と三十七日目の日。

夕食の時間が過ぎてから疲れた顔で帰ってきた両親は、静かにキッチンに入ってテーブルの前に座り、そのままドアを閉めた。僕は学級通信を見せられなかった。僕は十三歳を三十七日も過ぎたから、やっと宇宙船見学に行けるようになったとも言えなかった。

チエが大丈夫なのかどうかは聞かなかった。チエはいつも大丈夫だ。父さん母さんも、いつだって大丈夫。会社から急いで病院に行ったり、出張の途中で帰ったり、朝早くチエを病院に連れていったって大丈夫。だから僕はもう、大丈夫かなんて聞かない。

一時間が過ぎ、二時間が過ぎても二人はキッチンから出てこなかった。僕はドアに耳を当てて必死で盗み聞きをしようとした。ところどころ、「このままでは」「今を逃したら」「決定しなければ」「条件」というような言葉が聞き取れた。僕の名前は出てこなかった。聞きのがしただけかもしれない。よく聞こえなかったから。

でも「ガドゥアルに行こう」という母さんの言葉は、ドアにぴったりくっつけて赤くなった僕の耳にも、はっきり聞こえた。「ガドゥアルに行こうか?」や「引っ越しはやめよう」ではなかった。イブルやケイジみたいな、ほかの惑星でもなかった。ガドゥアルと言った。

僕はガドゥアルがどこなのか、もちろん知っている。両親はもう何回もこのことで話し合っていた。僕には直接言わなかったけれど、僕も地理を習っているし(それも、熱心に!)、それくらいのカンは働く。ガドゥアルは、僕が生まれて十三年三十七日過ごしたこのマキエンデ恒星系第十五セクターからはとっても遠い。カドゥケウス社の宇宙船に乗っても何カ月もかかる。そこには別の太陽があり、その太陽には惑星が四つあるんだけど、ガドゥアルはそのうちの二つ目の惑星だ。

ガドゥアルは、僕みたいに地理をいっしょうけんめい勉強する生徒でなければ知らないようなへんぴな星ではない。それどころか、有名な医療惑星だ。ガドゥアルに行けば、本社の遠隔治療や特別に空輸した薬でも治らない病気も治せるのだそうだ。普通の人は、なかなか行けないだけで。

誰でもそうだけど、引っ越したいと思っても好きなように引っ越せるのではない。それに別の恒星系に移民するのは、もっと難しい。両親はずっと以前からカドゥケウス社と約束していた。ここに住んで本社が指定した会社に通い、言われた仕事をすることにしたのだそうだ。その代わり、両親が通う会社は、いい会社だ。僕の学校も、いい学校だ。うちの家も、いい家だ。

それでも僕の住むマキエンデ第十五セクターが一番すてきなところは、宇宙船を造る惑星だということだ。宇宙船は大切だ。全世界をつなぐものだから。いくらモニターがあって遠隔通信ができても、世の中をつなぐのは宇宙船であり、僕たちの見ている紫色の空のかなたにある宇宙とは、まっ暗な闇ではなく、宇宙船の通り道だ。このかっこいいせりふは、実は僕じゃなくって、マキエンデの首都・第一セクターにある〈本社〉から来た監督の先生が言ったことだけど。とにかく僕は恒星系と恒星系の間をぬう超高速宇宙船をよく想像する。宇宙船工場で新しい宇宙船が造られてドームの開く日なんか、宇宙船がドームを後にして宇宙船の通り道（要するに宇宙のことだ）に出発するようすが遠くから見えたりする。とても小さい点にしか見えないこともあるけれど、運良く近くにある工場から出発すれば、にぎりこぶしぐらいに見えることもある。僕はこの惑星に十三年と三十七日暮らす間に、本当に小さな点まで合わせると超高速宇宙船を二十四回も見ている。そして、自分がその宇宙船を操縦しているところをよく想像する。それは百回以上。十三歳以下の子は危ないので工場見学に行けないから、まだ本当の超高速宇宙船にさわったことはないけど。

ガドゥアルに行けば、チエを〈治す〉ことができるかもしれない。いや、たぶん治せるんだろう。ガドゥアル移民を申請すればカドゥケウス社は受け付けてくれそうだ。父さんと母さんのしている仕事はガドゥアルでもできると、どこかで聞いたことがある。本社は厳しくて、必要な人を必要な場所に送る時以外は、超高速宇宙船に乗せたり、引っ越しさせてくれたりはしない。ガドゥアルに行けそうだと口に出して言うぐらいなら、もう全部調べがついてるんだ。つまり父さんと母さんはカドゥケウス社の超高速宇宙船に乗ってガドゥアルに行ってチエを治療し、その代わり、その時から死ぬまでガドゥアルで働くのだろう。僕はまだ十三歳だから、もちろんついて行かなければならない。

ガドゥアルのある恒星系には飛行学校がない。そこの四つの惑星は、すべて医療惑星だ。宇宙飛行士になるには、カドゥケウス飛行学校に行かなければならない。

もちろんガドゥアルに住んだって、絶対に飛行学校に行けなくなるのではない。ガドゥアルに行っていっしょうけんめい勉強して一番になれば、遠隔試験を受けられるかもしれない。遠隔試験に受かれば近くにあるほかの恒星系に、普通は超高速宇宙船に乗って行き、また試験を受けて、それからまた試験を受けて、それを何度か繰り返せば、またこのマキエンデ恒星系に戻って飛行学校に行けるかもしれない。そして飛行学校でまたいっしょうけんめい勉強して試験を受け、また受かれば、本当に宇宙飛行士になってカドゥケウス社の超高速宇宙船を操縦できるだろう。マキエンデからずっと遠い惑星の出身なのに、ものすごく頭が良くてとうとうカドゥケウス宇宙飛行士になった人たちもいる。教科書にもそんな人たちの話がのっている。立派な宇宙飛行士のことを書いた本もある。ぜんぶ読んだ。すごく遠い所に住んでいたから大変だったけれど、それでもいっしょうけんめい努力して恒星系と恒星系の間を飛行する宇宙飛行士になったそうだ。

でも僕は今マキエンデ恒星系に住んでいる。ここには飛行学校もあるし、宇宙船工場もある。遠隔試験の必要もないし、本社の先生たちもよく来る。大きな宇宙船博物館もある。僕はここに生まれ育って、とうとう十三歳になって、来月には初めて本物の、できたてのカドゥケウス超高速宇宙船にさわれる。それなのに飛行学校もなく、超高速宇宙船もめったに来ない、友達もいないガドゥアルに、眠ったまま運ばれていかなければならないって？　チエのために？

突然、腹が立った。ドアをばたんと開けてキッチンに入りたいのをぐっとこらえてそっと自分の部屋に入り、ベッドにもぐった。なかなか眠れなかった。両親は僕が寝るまで、僕のようすを見にこなかった。

数日後、チエが帰ってきた。いつものように、にこにこしてて、かわいい。父さんがチエをそっと部屋に連れていって寝かせた。チエは父さんを見てにっこりした。

「家に帰ってうれしいかい？」

「うん」

「お兄ちゃんに会いたかっただろ？」

父さんがチエに聞いた。

「うん」

チエが笑った。

父さんが僕の方を見た。

「僕も」

僕は無理に口の両はじを上げた。

これは反則だ。チエはいつも笑顔だからだ。チエの顔には他の表情がほとんどない。あれは本当に笑っているのではない。あの表情もチエが治療を受ける理由の一つだ。家の中でも外でもおかまいなしに発作を起こし、声を上げたり硬直した手足をふりまわしたりするのと同じだ。チエに初めて会う人たちは、こう言う。「とってもかわいいですね」、「笑顔がすてき」。誰も、だらんとたれた腕や、車いすにしばりつけられた脚のことは言わない。チエが僕と一歳しか違わないとは、たぶん気づかないだろう。顔や身体だけ見れば、ずっと幼く見えるから。

僕は心の準備をした。どうすべきなのかはわからないけど。


予想どおり、その日の夕方、食事の後で両親は僕の部屋に上がってきた。そしてすごく真剣な顔で話を切り出した。

「チフ、父さんと母さんは長い間悩んできたんだけど、チエをずっとこのままにしておいてはいけないと思う。近くにガドゥアルという惑星があって、そこに行けばチエの病気を治すことができるそうよ。ここで遠隔治療は難しいらしいの。だから父さんと母さんが引っ越したいと本社に申請したら、ありがたいことに移民申請が通った。だからうちはすぐガドゥアルに引っ越すの。そしたらあなたも、とうとう宇宙船に乗れるのよ」

母さんが息つぎもせずに一気に話した。話す前にだいぶ練習したようだ。

うん、そうだよ、とうとう宇宙船に乗れる。眠ったまま、荷物みたいになって。そして、二度とここにある大きな本物の超高速宇宙船は、見ることも乗ることもできなくなる。

心の準備がじゅうぶんできていなかったらしい。僕はベッドに腰かけて、両親の方ではなく、壁をぼんやり見つめていた。

「チフ、あの、つまり、あの、ガドゥアルに行っても、飛行学校には行けるんだよ。あっちにも学校はあるから、勉強ができれば遠隔試験を受けるチャンスがあるんだそうだ。チフは成績がいいし、よく準備してるから、ガドゥアルに行っても宇宙飛行士になれるさ」

父さんも練習したみたいに話した。僕は何も答えなかった。父さんがもじもじして僕の顔色を見ながらつけ加えた。

「あのな、チフ、ガドゥアルで暮らしているうちに医者や薬剤師になりたくなるかもしれないぞ。宇宙飛行士も素晴らしい職業だが、ガドゥアルでできる仕事はいろいろあるんだ。あっちは特別な恒星系だからね。ガドゥアルで働きたがる人もたくさんいる」

僕がぼんやり見ていた壁には、超高速宇宙船の写真がいっぱい貼ってある。

「母さんの仕事は、ちょうどガドゥアルでも必要な仕事だったから、移民の許可が出たの。これはうちにとって二度とないチャンスよ。チフ、本社は移民許可をあまり出さないの。今度行かなかったら、もうガドゥアルでチエを治療することはできなくなる。チエの病気は遠隔では治療できないし、ガドゥアルで直接手術を受けて適応訓練をしないといけないんだって。そしたらチエもチフみたいに大きくなれる。ガドゥアルに行かなければ、チフが大人になっても、チエは今と同じなの。それはチフにとってもつらいことでしょう？　チフ、母さんの言うことわかるよね？」

僕は、母さんがその続きを言わないでくれることを願った。

「チフはお兄さんだし、もう大きいじゃない」

涙が出た。両親が準備した演説によれば、十三歳は、宇宙飛行士になりたいか医者になりたいかはわからないぐらい子供だけれど、妹のために両親について遠くに引っ越さなければならないことは理解できる年齢だった。僕は一人でここに残ることのできない子供だけれど、夢が壊れて声を上げて泣く姿を親に見せたくないと思うぐらいには、大人だった。

十三歳が何だ。

新品の超高速宇宙船をじかに見られる年齢なんて、もう何の意味もない。

僕は宇宙船の見学に行った。両親は黙って見学同意書にサインしてくれた。見学に行って、僕は一番前の席に座った。新しい超高速宇宙船はぴかぴかして、すごく大きかった。宇宙船の中はVRで見たのより広かった。すべてにおいて、VRより本物の方がずっとかっこよかった。新しい宇宙船の初飛行をする宇宙飛行士の先生も近くで見られた。宇宙飛行士の先生は堂々と話した。すごくかっこよかった。

「新型宇宙船の初飛行は非常に重要です。遠くには行きません。カドゥケウス社の宇宙船はかんぺきですが、つねに万一のことを考えないといけませんから。新型宇宙船の名はこの工場の名前から取られますが、工場で造る宇宙船はたくさんあるので、間違わないようにいくつかの規則に従って命名します。もうこの宇宙船の名前がわかる、賢い子がいるかな？」

名前なんか、宇宙船の本体に大きな字で書いてあるじゃないか。文字だけ読んでも、それぐらいはわかるって。

僕は宇宙船に名前をつける時の規則を知っている。特に遠距離を飛行したり、大切なことをやりとげたりした宇宙船につけられるニックネームもぜんぶ覚えている。そんな宇宙船を操縦した有名な恒星系間宇宙飛行士たちの名前も、ぜんぶ暗記している。

僕は黙って宇宙飛行士の先生をじっと見つめていた。ほかの子がすぐ手をあげた。当然、正解だ。正解を言った子は宇宙飛行士の先生と握手をして賞品をもらった。新型宇宙船の小さな模型だった。賞品を見て後悔した。僕が新しい超高速宇宙船を見られるのはこれが最後なのに。これからは町にある宇宙船博物館の記念品売り場で模型を買うことすらできなくなるのに。あの宇宙船の模型は、半年後にならないと記念品売り場に並ばないだろう。

また涙が出そうになった。

「宇宙飛行士の先生に質問したい人はいますか」

僕はすぐに手をあげた。

「先生はどこの出身ですか」

答えを待つ数秒の間、思わず肩に力が入った。

「マキエンデ第七セクターです。私の故郷は、皆さんの住んでいるセクターのすぐ近くですね」

宇宙飛行士の先生がにこっとすると、何人かの子がいっしょになって笑った。

僕はふるえる手で握手をして、新型宇宙船の模型をもらった。

僕たちは見学空間に戻り、ドームが開くようすを見物した。巨大なドームが開き、新型宇宙船が力強く出発した。音は出なかったけれど、空気が緊張しているみたいだった。僕は模型をしっかりにぎり、新しく誕生した超高速宇宙船が僕の眼には見えない宇宙の道に出発するようすを、宇宙船が空のかなたに消えて宇宙に向いていたドームの扉が再び閉じられ、監督の先生がもう帰ろうと言うまで、じっとながめていた。


引っ越しの日はすぐにやって来た。宇宙船を造る惑星に住んで良くない点は、別の恒星系に行く超高速宇宙船がひんぱんに往復するということだ。普通は本社の許可を得ていても、宇宙船が自分の住む惑星に立ち寄るまで待たなければならない。超高速宇宙船は誰でも乗れるものではないから。でもここではあちこちに宇宙船を送り出していて、ガドゥアルに行く宇宙船もある。両親は引っ越し準備を急いだ。その間、チエは二度発作を起こした。両親はチエの症状がひどくなりすぎると、本社が考えを変えてガドゥアルに行けなくなることを心配しているみたいだ。会社にとっては、父さんや母さんがこれまでどおりここでしていた仕事を続ける方が都合がいいのだそうだ。

僕はあまり準備することがなかった。今まで集めた宇宙船の模型をきっちり荷造りした。宇宙船博物館の記念品売り場で、宇宙船の写真やポスターをごっそり買ってきた。持っているのも、また買った。ガドゥアルでもどこでもダウンロードできる写真だけれど、それでも買った。高くておこづかいがたまったら買おうと思って、ずっとながめていた模型も、何個か買ってきた。両親は僕が何を買ってもしからなかった。友達に何度かお別れのあいさつをしたけれど、途中でやめた。残念だという言葉の後に、チエは運がいいとか、超高速宇宙船に乗れてうらやましいとか言われるのがいやだった。

引っ越しの前日、両親はまた僕の部屋に上がってきた。壁のポスターをぜんぶはがし、僕の荷物をかたづけて、もともとあった家具だけが残った部屋は、がらんとしていた。僕は両親が来ることは予想していた。

でも、チエを連れてくるとは思わなかった。

チエの部屋は一階、僕の部屋は二階にある。チエは一人で二階に上がれないし、チエの具合が悪い時は、僕は離れた所で静かにしていなければならないからだ。僕の記憶では、これまでは僕がチエの部屋に行くことはあっても、チエが僕の部屋に来たことはなかった。

僕は十三年暮らし、これからもまだ何十年か暮らすだろうと思っていたのに、今はカドゥケウスと書かれた家具と、まだ使う布団しか残っていない部屋で、妹と向かい合った。見慣れない空間で見るチエは、妙になじめなかった。いつも同じ笑顔だと思っていたけれど、少し違って見えた。チエにとってもこの部屋はおそらく初めての場所のはずだ。ガドゥアルが家族みんなにとって、初めて行く場所であるのと同じように。

僕は両親の方をちらりと見た。なぜだか、どうして連れてきたのかと口に出して聞くことができない。

「チフ」

母さんがゆっくりと話し始めた。

「ガドゥアルに行けばチエは変わるよ。今までのチエとは別人になる。あなたと同じように成長するの。これは私たちにとって大切なことなの」

大切という言葉は、何度も聞いたよ。知ってるってば。

「今、チエはチフの言うことがよくわからないでしょう。私たちがガドゥアルに行けば、そしてすべてがうまくいけば、チエはチフの言うことを理解できるようになる」

うん、それで?

「その前にチエに、そして父さんや母さんに言いたいことがあるなら、言ってごらん」

僕は、母さんが、しかられることを恐れている時の僕みたいに肩をすくめていることに気づいた。父さんが母さんの手をにぎっていることも、父さんが母さんと同じ表情で僕を見ていることも。

僕はしばらくためらった後、口を開いた。

「僕にとって大切なことは、父さんや母さんには、チエほど大切ではない」

父さんは何か言いかけたけれど、声を出さないまま、また口を閉じた。

「そうだろ。僕はわかってるよ」

僕は涙をこらえた。父さんに何か言われたら泣き出しただろうけど、二人とも何も言わなかったから、僕もがまんした。

そしてチエに向かって言った。

「今、お前にとって大切なものは何なのか知らないけど、それが何であれ、僕には大切ではないだろうと思う」

チエは理解できないらしく、いつもと同じ笑顔で、うん、と声を出した。

僕は妹と、その後ろに立っている、いつもより小さく見える両親、何にもなくなった壁をしばらく交互にながめた。それから大きく深呼吸をして、言った。

「僕は宇宙船が好きだ。宇宙船工場のドームが開くのを、ちょっと前に初めて近くで見たけど、想像どおりずっとかっこよかった。あの空のかなたにあるのは、からっぽの空間ではなくて宇宙に通じる道だ。僕たちは今度、一緒にその宇宙の道をたどることになる。僕はいつかまた、その道を通りたい。これは僕にとってとても大切な夢だ。そしていつかお前にこのことをもう一度言えるだろう。その時、お前にとって大切なものが何なのかわかるなら、それもいいような気がする。僕にとってお前は、それくらいには大切だから」

僕は言いながら、ゆっくりとうなずいた。

「うん、そうだ。そんな気がする。チエ、僕たち、いつかもう一度このことを話そう。お前が今日のことを思い出せなければ、僕の方から聞くよ。お前にとって大切なものは何なのかって」

僕は両親の方を向いてしばらく口ごもり、そのまま、一番言いたかった言葉をのみこんで言った。

「もういい。行こう」

再会

「スミが落ちたってよ」

「嘘だろ。いくら試験は運に左右されると言ったって、スミが落ちるはずがないじゃないか」

「ほんとだってば。今度の合格者名簿になかった。あの子、今回の卒業試験、ほんとに受けたのか?」

ヒョンジンは本から目を離してスレンの顔を見た。

「そんなはずがない。スミは失敗しないのに」

「今まではな。でも、噂では、減点されたのでもなくて脱落したっていうんだ。ほら、練習ではうまくても、本番で駄目になるやつがいるじゃないか」

「どうして……どうして落ちたって?」

「俺が知るもんか。あの子はいつも成績がトップで有名だし、お前の彼女でもあるから名簿を見に行ったんだが、名前がなかった。二次を受けた人たちに聞いてみたら、落ちたってさ。三次を受ける人たちは今、そのことでそわそわしてる。お前こそ、さっさとスミの所に行ってみるべきじゃないか。彼女が落ちたんだから。さあ」

ヒョンジンがじっとしていると、スレンが催促した。

「お前、どうしてそんなに尻が重いんだ。どうして落ちたのか、ちょっと聞いてこいよ。いくら単独飛行が難しいといっても、あの子が落ちるんなら、俺たちの中で絶対合格すると言えるやつはいないぞ」

「ああ、びっくりしすぎたんだ。ちょっと一人にしてくれ」

ヒョンジンも何も知らないようなので、スレンはぶつぶつ言いながら部屋を出た。ヒョンジンは椅子から立ち上がりかけては、また座ったりしたあげく、スミにメッセージを送ろうとメッセンジャーをつけたけれど、また閉じた。ヒョンジンの試験は十日後だ。

＊

「お前、何コースだ？」

「デイルゾ恒星系。〈跳躍〉してから〈飛翔点〉のすぐ前にある第一無人管制塔にドッキングして三十分以内に帰ってくるやつ。貨物船で」

「ああ、典型的な試験場恒星系だな。ところで無人管制塔ドッキングの方が簡単なのか？」

「管制士が助けてくれるわけでもないのに、簡単とか難しいとか、別にないでしょ。拙者が先に行ってきて、教えてつかわそう」

　スミが時代劇みたいな言い方をした。

「そうだ、俺はお前より出発が後だからデイルゾより近いコースでないと、なかなか会えなくなるな」

「コースなんか、適当に決められちゃうじゃない。コスェ恒星系みたいなコースを割り当てられないようにしてよ。たまに、運悪くそんなコースに当たる候補生もいるんだって。そうなったら、あたしたち何週間も会えなくなるかもね」

「思いどおりにはならないだろ」

「その解答は間違い。あたしに早く会いたくて努力する気持ちぐらいは持ちなさいよ。あたしは卒業試験のコースが決まったから、今日からすぐシミュレーションに入る。当分は忙しくなる」

「お前は合格するだろうけど、恋人に会えない俺はどうしよう。でも、頑張れよ。応援するから」

　スミがヒョンジンに軽くキスした。

「今のは正解。うん、頑張ってくるよ」

スミは眼を疑った。これも評価項目だろうか。卒業試験に、突発的な事件に関する項目もあるのか？　まさか。本社はそんなことはしないはずだ。しかし跳躍後、スミがマニュアルどおりに周辺をスキャンすると、ＳＯＳ信号を発信している旅客船一隻が捉えられた。何だろう？

スミはゆっくり呼吸を整えると、システムに尋ねた。

「あの宇宙船は何？」

『惑星間小型旅客船カバエプ号です。酸素不足警告を発信中。生命反応は三名。現在、すべて仮睡眠状態のもよう』

手が震えた。

「酸素はどれくらい不足なの」

『感知不能。生命維持装置故障なのか信号体系損傷なのか明確ではありません』

「近くにほかの旅客船はない？」

『〇・八標準光年以内にはありません。いちばん近い惑星デイルゾ１には救急船十二隻、大型旅客船四十隻、中型……』

「もういい。あ、ああ……」

乗客の生命が助かる限界まで、あと29分。

スミは無人管制塔の方に機首を向けた。

「管制塔には救急船があるでしょ？　救急船が今、出動すれば、カバエプ号までどれくらいかかる？」

『二隻あります。管制塔からカバエプ号まで最高速度で運航すれば一時間二十五分五十五秒後に到着します』

最高速度で一時間二十五分五十五秒。ここは飛翔点から近すぎて航路が不安定だ。惑星間を航行する小型の宇宙船である救急船が、最高速度で飛行し続けるのは難しい。

「この宇宙船で行けば？」

『カドゥケウス超高速宇宙船が、カバエプ号まで最高速度で運航すれば二十三分四十秒で到達します。二十三分四十一秒。四十二秒。カバエプ号が遠ざかっています』

「人が操縦してるの？」

システムはちょっと沈黙した後に答えた。

『二十四分十秒。航路を離脱して、デイルゾに向かっています。航法装置故障の可能性が高いです』

残り時間28分。

「あたりに誰もいないの？」

『〇・八標準光年以内にはいません。いちばん近い……』

「もういい」

冷や汗が滝のように流れた。生命維持装置故障。航法装置故障。一時間二十五分五十五秒、いや、もう一時間三十分。

残り27分30秒。

27分。

26分30秒。

残された時間を思えば、今すぐ決定を下さねばならない。

「カバエプ号の方向に航路変更」

『了解』

システムが答えたのとほとんど同時に、スクリーンに赤い警告文が出た。

評価項目に含まれていない動作です。このまま続けますか？

「続けて。ドッキング可能な地点まで最大に加速して、救助に向かうと、カバエプ号に信号を送って」

評価項目に含まれていない動作です。このまま続けますか？

警告文が点滅し、システムの落ち着いた声とは違う、鋭い人工音が操縦室に響き渡った。

「行って。早く」

スミが叫んだ。

『加速します』

評価項目に含まれていない動作です。このまま続けますか？

スミは汗で滑る手で採点機の電源を引きちぎるみたいに消した。警告文が消え、静寂が訪れた。


「どうしたんだ。いったい、何があったんだね」

担任の先生は落ち着いて座ることもできず、スミの前をいらいらと歩いた。

「すぐに懲戒委員会が開かれる。なぜ採点機を止めた？　再試験すら受けられないぞ。どうすることもできない。単独飛行を、どうしてこんなふうに台無しにしてしまったんだね？」

スミは、机の上に浮いている自分の運航レポートをじっと見ていた。

「君がここまで積んできたあの旅客船は、ほかの人が見つけることもできた。我々は人を救助させるために君を送り出したのではない。本社の指示どおりに行動できるかどうかを評価する試験だったんだ。そんなものに出くわしたのが不運ではあったが、経路どおりに行ってきさえすれば、君は受かった。たった一度、たった一度の最後の試験だったのに」

「近くに誰もいなかったんです」

スミがつぶやいた。

「それでも、管制塔から救急船が派遣されたはずだ。近くの惑星から、誰かが救助に向かうこともできた」

「間に合いそうにありませんでした。どれも遠すぎて」

「だからといって、君が行く必要はなかったと言ってるじゃないか。君は私がこれまで教えた学生の中で、最も優秀だった。宇宙飛行士としての才能に恵まれている。あの日の君の離陸が、どれほど美しかったことか。点数では同じ満点でも、感覚の卓越した飛行士は、飛行を見ればわかる。君の飛行がそうだった。私がどんな気持ちで君を教えてきたか、わかるか」

スミは魂の抜けたような表情で首を横に振った。

「さあ。わかりません」

「二度と宇宙が見られなくてもいいのか。いったい、どうして……」

スミの眼に涙が溜まった。

「自分でもわかりません」

先生が机に両手をついて、深呼吸をした。

「もったいない。これまで本社は、単独飛行の再試験を許可した例がない。五年間も勉強したのに、これからどうするんだ。宇宙飛行士にはなれない。何をするのか考えないといけないぞ。君は全科目の成績が優秀だから、おそらく選択の余地はあるはずだ。本社は今更、君を退学にまではしないと思う。どこに使うか考えるはずだ。合格しなかった子と同じ扱いになると思いなさい。九十九点も九十八点も、君みたいな採点不能の脱落も、全部同じだ。そう思って、さっさと別の道を探すんだ。懲戒委員会では、卒業さえさせてもらえるなら、これからは本社に命じられることは何でも一生懸命やると言いなさい」

スミは泣きたいのをこらえて唇を少し動かした。先生がスミを見た。

「私に言いたいことがあるのか」

「私が間違っていたのか……よくわかりません。宇宙飛行士になれないということはわかりました。でも、これは公正ではないと思います」

その瞬間、先生の表情が緩んだ。怒りといら立ちと疲れに隠されていた憐れみが露《あら》わになった。

「スミ。公正だなんて誰も言ってないよ。ああ、なんてことだ。君をどうすればいいんだろう」

試験の二日前だった。この四日間、ヒョンジンは朝から晩まで試験コースをシミュレーションしていた。脱落して戻ってきた成績トップの学生スミのことが、あちこちでささやかれている。誰も正確な理由を知らない。懲戒委員会が開かれたそうだ。本社からも人が来たそうだ。スミが自主退学したとか、強制退学になったとかいう噂もある。スミとつきあっていた自分の様子を探る視線も感じた。みんな聞きたいことはあるけれど、言い出せないでいるらしい。試験を目前に控えた学生は、スミが脱落した理由が自分にも該当するのではないかと思って動揺し、試験を終えた学生たちは、合格であれ不合格であれ、少なくとも懲戒の対象になるような事故を起こさなかったことに安堵《あんど》した。

今日のシミュレーションを終えて部屋に戻ったヒョンジンは、しばらくためらった末に通信をつけた。またしばらくためらってから、メッセンジャーを起動した。スミに秘密メッセージを送った。

――大丈夫か？

この〈静かな〉スキャンダルが起こって以来、一度も連絡しなかった恋人が初めて送るメッセージにしては、間が抜けている。ヒョンジンは、ずっと前に言うべきだった言葉を付け加えた。

――心配したよ。いったいどうしたんだ。

すぐに返信が来た。

――デイルゾ飛翔点近くでSOS信号を出している有人旅客船があったから、試験を受けないでその旅客船を積んで戻ってきたのよ。評価項目未履行と指示不履行で脱落した。途中で採点機を止めたの。

少しして、またメッセージが来た。

――懲戒委員会で何回もしゃべって、すらすら言えるようになった。文章三つに要約すると、そういうこと。

ヒョンジンは言うべき言葉が見つからなかった。画像チャットのボタンを押した。すぐに〈拒否〉という返事が返ってきた。

――あたし今、ひどい顔してる。画面では見せたくない。

――ああ。

スミがまた話しかけた。

――ちょっと会える？　会いたい。

ヒョンジンはこの四日間の訓練を思った。少しのミスもないよう、同じ経路を何回も飛行した。疲れて失敗することを恐れ、二時間ごとに必ず二十分の休憩を挟んだ。一日十五分ずつ瞑想《めいそう》した。食事の時も、身体に悪そうな食べ物は避けた。そしてスミは、運が悪かった。

――それが、実は俺、あさって卒業試験なんだ。

――ああ、そうだった。うん、そうね。

ヒョンジンは机の下に隠れたかった。

――頑張ってね。最後までミスしないで。

――あ、ああ。ありがとう。

＊

「何なの？」

二十年ぶりにしては、ぶっきらぼうだ。仕方ない。ヒョンジンは注意深く言葉を選んだ。

「話したいことがあるんだけど、会った方がいいと思って。捜してみたら、飛行学校を卒業してここの研究開発部にずっと勤めていることがわかったんで、首都に来たついでに連絡したんだ。あの、ちょっと会えるかな？」

「あんた、あたしに何をしたかわかってる？　あんなふうに何も言わないまま連絡を絶って別れるなんてひどいじゃない。いくら若かったといっても、二年つきあったんだから、最後にちゃんと挨拶ぐらいはしてくれてもいいでしょ。避けて回って、合格して連絡を絶つなんて、最悪だった。まさか、次の彼女にもそんなふうにしたんじゃないでしょうね」

あの頃ヒョンジンが抱えていた最も大きな問題は、スミと中途半端に別れたことではなかった。

「ああ、俺が悪かった。でもちょっと会えないか」

スミはちょっとためらってから住所を送った。航法装置研究開発部の官舎だった。

「明日の午後四時に来て」

「謝りに来たの？」

スミがカップを置いて言った。学生時代よりも低い声でとげとげしく話す様子が、ややぎこちない。ヒョンジンは、こんな話し方をするスミを見たことがなかった。

「え、うん……それもあるけど」

「もういい」

スミはヒョンジンの前にどかりと座って言った。

「あんたにとっては数年前かもしれないけど、あたしには二十年も前のことよ。二十年間、自分の人生を生きてきた。最初の恋愛なんて、まああんなものでしょ。あの時はあんたのことよりも自分がちょっと……あんな状況だったし。だけど、あんたは顔が昔とほとんど変わらないから、こうやって直接会ってみると、ちょっとむかつくような気もするな」

スミがヒョンジンの顔をじっと見ながら眉をひそめ、曖昧な表情になった。

「それで、今更あたしの居場所を捜してまで、話したかったことって何なの」

ヒョンジンはカップの縁に視線を落とした。

「本社は新型宇宙船が初めて出航するごとに、工場に子供たちを招待する。子供たちが宇宙飛行士と会って、かっこいい宇宙船も見て、記念品ももらって……。まあ、そんなことだ」

スミがテーブルをコツコツ叩いた。

「知ってる」

「この間、うむ」

ヒョンジンは、心の中で素早く計算した。

「こちらの時間、標準時で三年前、俺がそのプログラムの当番になったんだけど、質問の時間に、一人の子が俺に、デイルゾ恒星系に行ったことがあるかと聞いたんだ」

スミの指が止まった。無表情だったスミの身体が硬直した。

「そう」

ヒョンジンは、スミから顔をそむけて話を続けた。

「自分では行ったことがないが、行った宇宙飛行士は知っていると答えた。そして、有名な場所でもないのに、どうしてその恒星系を知っているのかと聞いたら、その子の家族はもともとそこに住んでいたんだそうだ。お母さんは昔、宇宙で死にかけたんだけど、カドゥケウス社がお母さんを助けてデイルゾからマキエンデまで連れていってくれたために、ここに住むことになったと聞いたらしい。だから自分はマキエンデ生まれだけれど、いつかカドゥケウス宇宙船に乗ってお母さんの故郷に行くのが夢なんだってさ」

スミはずっと黙っていた。ヒョンジンはそっとスミの顔をうかがって、やや自信なさそうな口ぶりで付け加えた。

「違うかもしれないが……この話を伝えたかったんだ。だからその飛行から戻ってすぐ、お前を捜した」

「……ちょっと待ってて」

スミは椅子から立ち上がって窓辺に行き、ヒョンジンに背を向けた。窓辺には花が植えられた小さな室内用プランターと、魚が何匹か泳いでいる水槽が置かれていた。窓の外にはほかの高層ビルしか見えない。

「あの時、学校に戻りながら、あたしが何を考えていたかわかる? 駄目だったらどうしよう。とにかくやってしまったけれど、正しいことだから大丈夫だと思っても、もし大丈夫じゃなくて、年を取って老人ホームに入った時、機械が食べさせてくれるおかゆを呑み込みながら、ぼけた頭で、あの時、つまらないことをしたと後悔ばかりして暮らすことになったらどうしよう。そんなことを思った」

ヒョンジンは部屋の中を見回した。小さなテーブルの上には、研究室か大学で写したらしい写真を入れたフレームがいくつか置かれていた。壁には、何かの謝恩品とおぼしい、ありふれた図柄の絵が数枚かかっていた。キッチンに出ている一人分の食器。二人がやっと向かい合って座れる大きさのテーブル。

「スミ」

ヒョンジンは、やっとのことでその名を口にした。

「俺が試験を受けに行く時、何を思ったかわかるか。飛翔点を通過した時、救助要請を出す旅客船があったらどうしよう。杞憂《きゆう》だってことは知ってる。そんなことが、同じ宇宙で二度も起こったりするものか。でも俺は怖かった。あの日の夕方、お前の話を聞いてからは、試験よりもそのことがやたらに怖かった。だから最初の跳躍がどんな感じだったのか、一つも覚えていない。俺は、お前みたいな決定を下さなければいけなくなるんじゃないかと怖かった」

スミは彼の方を向いて、にこりとした。

「それは本当に馬鹿みたいな心配だったね。人を救助するチャンスが、そんなに簡単に訪れるわけがないのに」

「そうだな」

ヒョンジンは、ぎこちなくスミと目を合わせた。二人はしばらくの間、見つめ合っていた。

「ありがとう。あんたがあの時、あんなふうに逃げたこと、これで半分は許してあげる」

スミは深呼吸をすると、横にある水槽を指さした。

「あんたは宇宙飛行士だから花をあげたって枯らしてしまうでしょ。この水槽は自動制御システムだから放っておいても五年は持つ。ちゃんと手入れした方がいいにはいいけど、めったに死にはしない。寿命も、人間よりずっと長いんだって。ここでずっと飼っていれば、あたしよりも長生きするだろうし、あんたとは……わからないね。あんたは宇宙飛行士だから。あたしが死んだら、この魚たちはあんたが面倒見ることにしよう。この子たちの宣伝文句が、〈宇宙飛行士も飼えるコンパニオンフィッシュ〉だった」

ヒョンジンは水槽の中で泳いでいる魚たちを見つめた。〈宇宙飛行士も飼える〉と宣伝されていた魚を買ってこの単身用官舎に戻るスミを想像しようとしてみたが、ちっとも絵が思い浮かばなかった。飛翔点の間で粉々に砕けたヒョンジンの生活が、今のスミにはおそらく思い描けないように。スミが「評価項目に含まれていない動作です」という声で悪夢から目覚めた夜を、ヒョンジンが知らないように。跳躍の合間にふとヒョンジンを襲った虚無を、時々何の理由もなく宇宙船の周辺を繰り返しスキャンしていたヒョンジンの恐怖を、スミが知らないように。

「あたしたち、そういうふうに終わることにしよう。いい？」

ヒョンジンがゆっくりとうなずいた。

「わかった」

スミは、ゆっくりと微笑して言った。

「ありがとう」

「卒業試験の単独飛行中、システムが〈100〉という何かの数値を読み上げるのが聞こえたんですけど、私は試験の点数しか連想できませんでした。百点満点で合格する道と、減点されて不合格になる道。しばらく考えてみましたが、やはり試験の点数以外、何も思い浮かびませんでした。だから、もうやめようと思ったんです」

彼はここまで言うと、手をズボンにこすりつけた。それは定住者たちの習性だ。私は気づかないふりをして穏やかな微笑を浮かべた。

「それで別の道を選んだんですね。難しい決定だったでしょうに、止める人はいませんでしたか」

〈別の道を選ぶ〉とは、ぼかした無難な表現だ。私は何度もインタビューをした結果、本社を離れた人たちが〈退職〉とか〈自主退学〉というような表現をひどく嫌っていることに気づいていた。彼らはある惑星に定住したことを、変化ではなく敗北だと思っている。カドゥケウス社の飛行学校は巨大な宇宙企業の一部に過ぎない。率直に言って、一企業に雇用されていたに過ぎない彼らがなぜそれほど激しく反応するのかは理解しづらかったけれど、彼らの存在は、開拓惑星間言語学習格差に関する私の研究に本社が関心を寄せるきっかけとなった。カドゥケウス社は、孤立した開拓惑星の次世代が本社に反発せず、ずっと本社に憧れ続けるよう誘導する方法を探していた。本社出身の言語教師は、惑星と本社をつなぐ重要な鎖だ。

「さあ、いたような気もします。損害を受けた人は、確かにいましたね」

彼が頭を横に向けた。カメラが彼の視線を追った。小さな灰色の運動場で遊んでいる子供たちが見えた。私の視線に気づいた彼が説明した。

「生徒たちです。ここの子たちは本当にやることがないんですよ。鉱山の仕事は年齢制限があるし……。退屈だから学校に来るんでしょう」

「将来、本社に入るか、公務員になるかしたい子たちじゃないんですか」

彼は宇宙標準語を教えていた。言葉はすぐに変化する。開拓の歴史が浅い惑星では標準語をちゃんと使ったが、歴史が長い惑星や、飛翔点から遠い惑星には、たいてい独特の方言があった。彼が定着した鉱山惑星コスェ1は、最も近い飛翔点から標準時で二カ月以上離れていた。機械化された巨大な鉱山惑星だから開拓民同士の交流も盛んではない。生まれた所に一生縛られて暮らす普通の人たちは数十、数百光年離れた所の人々がどんな言葉で何を話そうがどうでもよかったけれど、コスェ恒星系にある鉱山惑星から鉱物を積み出して全宇宙に売るカドゥケウス社にとって、言語は重要な問題だった。言葉は効率を左右する。効率は、すなわち金《かね》だ。何より、言葉は権力だ。カドゥケウス社は飛翔点跳躍技術によって市場を、宇宙標準語によって社会を支配していた。

しかし、いくら本社が方言を統制したところで、マキエンデ第一セクターにある本社と開拓惑星は、宇宙船に乗っても数十年かかるほど離れている。

「本社……。そうでもないですよ。ここはへんぴな惑星じゃないですか。同じ恒星系の中に違う生き方が見られる、教育惑星なんかがあるわけでもないし。ここはすべて鉱山だから、住民は一生、石ばかり見て暮らします。宇宙標準語にない鉱物や鉱山に関する方言がたくさんありますが、よく見れば、驚くほど役に立っています。敢えて標準語を使う必要がないんです」

私は彼に関する資料をもう一度開いてみた。彼は飛行学校を最終学期に自主退学した。単独飛行実習で貨物船を操縦してきたコスェ1に、そのまま居ついてしまったのだ。縁故があったわけでもない。彼が復帰を拒否したために、別の宇宙飛行士が貨物船を回収しに来なければならなかった。たいした事件ではなかったとはいえ、本社に損害を与えたのも事実だ。だが、子供の時から飛行学校で暮らしてきた彼に賠償を請求したところで、取り戻せるものもない。それで本社は彼に、いっそのことそちらで宇宙標準語を教える教師になれと言った。本社が超高速宇宙船に乗せてくれない限り、彼は一生コスェを出ることができない。宇宙旅行は非売品だ。普通は退職者のする仕事を二十代で始めたおかげで、彼は今、最も経歴の長い標準語教師のうちの一人だ。

「どのみち、宇宙旅行は非売品ですから」

私の考えを読み取ったみたいに、彼がまた私を見た。

「飛行学校に入学すると、最初に三つのことを聞かされます。一つ、この宇宙には飛翔点を通じて跳躍する超高速宇宙船がある。二つ、この技術はカドゥケウス本社が独占している。三つ、従って諸君が本物の超高速宇宙船に乗るためには我々の指示に従わなければならない。諸君がどれほど切実に願っても、宇宙旅行は非売品だ」

彼は優雅な調子で、覚えたとおりに暗誦《あんしょう》すると、にやりとした。

「第一セクターにある本社の大講堂に立って、初めてこの言葉を聞いた時にはどれほど感動したか。とても、何か……がっつりこみ上げるものがありました」

彼が再び手をズボンにこすりつけた。私は、〈がっつり〉がコスェ方言だと指摘したりはしなかった。

「ここでは標準語を一生懸命やる人が少ないから、勉強すればいいことはいいですよ。標準語さえ上手になれば空港や通信関係に就職できますから。鉱山で働けない人たちには、言葉の勉強が、自分で食べていく唯一のチャンスみたいなものです。コスェはもう開拓十七世代まで来ていて、本社の生活支援プログラムはほとんど終わっていますからね」

「コスェで二十三年間、子供たちを教えていると聞きました。そんな……〈がっつり〉した子がいましたか」

「二十一年です。最初の二年間は、校舎を掃除したり机を作ったり設備の手入れをしたりしていましたから。最初の生徒を二十一年前に任されました。何人かはいましたね。非常にまれに」

「最初の生徒さんは」

「ああ、西部第五鉱山の出水事故で亡くなりました」

彼の答えは異様に早かった。まるで答える隙をずっとうかがっていたかのように。いつも考えていたみたいに。

「それなら、そんな特殊な状況にない一般の住民たちに、標準語を習いたいと思わせるには、どうすればいいんですか」

「さあ、特別な方法はないと思いますが。それに標準語を身につけて宇宙飛行士になれたところで、宇宙を好きになれるかどうかは実際に跳躍を経験してみないとわからないことなので……」

いらっとした。本社出身の言語教師たちのやる気のなさにはうんざりする。教師になった理由はどうあれ、二十年以上もずっと働いてきた彼からは、まともな答えが聞けるかもしれないと期待していたのに。今回も無駄だったようだ。

「それなら、どうしてこの仕事をなさってるんです」

私の挑戦的な質問に、彼が聞き返した。

「あなたは跳躍をしたことがありますか」

「ありませんが」

カドゥケウス社の支援を受けた今回の研究は、通信でのみ進められてきた。宇宙旅行が非売品であるということは、当然、私にも該当する。

「じゃあ、わからないでしょう。ああ、悪い意味ではなくて、経験がないと本当にわからないんです。あの子たちも、もちろん知りません。ここは貨物船だけが二年に一度来る惑星です。ここに住む一億八千人のうち誰も、跳躍を知りません。あの浮遊感、あの暗闇、あの〈無〉。私は宇宙を見ました。惑星と惑星の間、惑星と衛星の間の閉ざされた空間ではなく、その向こうにある本当の宇宙を見たんです。宇宙にはどんな映像でも表わすことのできない無がありますが、自分が好きになれるかどうかは、経験するまでわかりません」

彼が再び視線を運動場に向けた。十二、三歳ぐらいに見受けられる子供たちは、相変わらず何かを蹴って遊んでいた。

「私が見たものを将来見る子が、あの中に何人いると思いますか」

「たくさんいるでしょうね。そうでなくてはならないこ」

彼が鼻で笑った。

「そんなはずはないでしょう。本社の飛行学校に入るのが、どんなに大変か知ってるくせに。標準語ができればいいという問題ではありません。自分の住む惑星で試験を受けて、恒星系でまた試験、セクター遠隔選抜まで通って一人で本社まで行っても、結局は入学すらできず、その間に何年も過ぎてしまった故郷に戻って自分より老けた弟や妹に会ったり、親の死に目に会えなかったりすることもあります。もし合格して本社に言われたことを全部こなして五年勉強しても、生涯、本物の超高速宇宙船の操縦桿《かん》を握るどころか客室に座ることすらできず、死ぬまでマキエンデ第二セクターや第三セクターで事務作業をする人たちもいっぱいいるんです。私がここで二十一年教えたと言ったでしょう。おそらくその資料にあるでしょうが、おっしゃるとおり、コスェは言語学習成果の低い恒星系です。私がこれまで教えたコスェの生徒のうち、セクター選抜にまで進んだ子は二人しかいませんでした。一人は結局、家族を置いて行けないからと、本社試験を放棄しました。もう一人は、行くには行きました。どうなったのかは知りませんが」

私はファイルの下の段を確認した。「卒業して、管制士として働いていますね。勤務地は秘密ですが」

彼がちょっと驚いた顔をした。

「ソグムが……そう、そうでしたか。あの子は好きになれたんですね。パスしたんだな。よかった」

彼があまりにもはっきりと安堵の表情を浮かべたために、私は思わずよけいな質問をした。

「先生は、好きになれなかったのですか」

「そのようです」

彼はさっきと同じようにすぐさま答えると、首を軽く横に振った。

「さあ、正直なところ、一度しか経験してませんから。ここに来る時。二度と経験したくないようでもあり、二度とできないのは死ぬほどつらいような気もしました。宇宙飛行士になるには卒業試験である最後の単独飛行実習で百点を取らなければならないのを知っていますか。一点足りなくても駄目なんです。そこで飛行士の道は永久に閉ざされるんです。それを思うと……。ただ私が宇宙に出られなくなるほど弱い人間だっただけかもしれません。宇宙旅行は非売……好きだからといって、できるものではありませんからね」

彼がズボンにこすりつけていた手を、ポケットに突っ込んだ。その爪に黒い垢が溜まっていることに、私は気づいていた。鉱山から飛んできた灰か砂だろう。

「せめて準高速飛行の宇宙船で修学旅行にでも行けるセクターに住んでいるならまだしも、コスエみたいにへんぴな恒星系は、どうしようもありません。出てゆく理由がないんです。ここで100という数字を聞いて百点を連想する人がいるでしょうか。十人中十人が、鉱山の座標だと言うでしょう。一生懸命勉強したらもっと幸福になれるとか、宇宙が美しいとかいう嘘はつけません」

彼はそう言いながらゆっくりうなずいていた。やがてインタビューの間じゅう眼をそらしていた彼が、突然顔を上げた。眼が合った。私よりもずっと前に生まれたけれど、二十三年前からは私と同じスピードで年を取ってきたはずの彼が、ひどく年老いて、疲れているように見えた。まるで徐々に存在感を失ってゆく病気にでもかかったみたいに。結局、私が先に眼をそらした。彼が言った。

「それからあなたもね。宇宙飛行はしない方がいいですよ。チャンスがあっても、跳躍はやめておきなさい」

秋風

三十九年五カ月と十六日。

これまであの子には、それだけの時間が流れたはずだ。私は画面から目を離し、軽くため息をついた。

「先輩、疲れたでしょう」

横で本社から送られた資料を読んでいたユンビョルが顔を上げた。

「いや、大丈夫よ」

「さっきからずっとため息をついてるけど、展望台に出てお茶でも飲んできたらどうです。どうせもうすぐ着陸じゃないですか。着いたらもっと忙しくなるのに、無理して、いざという時に現場で力が出なかったらどうするんです」

「新米の台詞じゃないね」

「まあ、ごもっとも。その意味で、僕がご馳走します」

ユンビョルはウインクすると椅子を回して立ち上がり、私の肩を叩いた。

「さあ、休憩しましょう」

「その意味が、どの意味だか知らないけど」

私は仕方ないというように立ち上がりながらつぶやいた。彼の言うとおりだ。力を温存しておかねば。今度の任務は重要なのだ。ひょっとすると人に会う時間もないかもしれない。

惑星ナダルが報告する食糧生産量が減少し始めたのは、現地基準で八年ほど前からだ。本社では現地報告書と対策を要求したものの、解決しないので監査チームとしての任務を言い渡されたのが、現地時間で一昨年だ。

ナダルはもともと暖かくて水や酸素に恵まれており、飛翔点が比較的近いので、古くから開拓されてきた食糧惑星だ。一年中温暖な気候と適度な湿気を維持しながらトマト、サツマイモ、トウモロコシ、つるなしインゲン豆、トウガラシなど暖かい気候で育つ作物を栽培し、そのまま、あるいは加工して出荷する。飛翔点に近い惑星自体が多くはないし、近い所にある数少ない惑星では自然に商業や金融が発達した。だから宇宙開発初期から食糧生産だけのために開拓され、缶詰や粉末に加工しない新鮮な食材を飛翔点を通じて宇宙中にすぐ出荷できるナダルは貴重な惑星だ。種を持って地平線が果てしなく広がる惑星に降り立った開拓民たちは、その時に収穫した一本のトマトの木が数百年後に、何十年もかかって自分たちを運んだ宇宙船のチタンのドアより価値あるものをもたらすことになろうとは、想像もしていなかっただろう。

「……先輩はどう思いますか」

「何のこと？」

「人の話をちゃんと聞いて下さいよ。ナダルのことです。本当に、誰かが持ち去っているんでしょうか」

「行けばわかるでしょ」

「先輩、今度はひどくやる気がありませんね。仕事なら宇宙の果てまでも駆けつける監査チームのエースが、どうしたんです」

冗談めかしてはいるが、ユンビョルの眼は笑っていなかった。監査チームの職員には二種類ある。口元だけででも笑う人間と、それすらしない人間。ユンビョルは間違いなく前者だ。

「言ったとおりよ。行って自分の眼で見なければ本当に生産量が減少しているのか、ほかの理由があるのか、わからないじゃない。現時点であれこれ推測してみたって時間の無駄だ」

ユンビョルがうなずき、窓に眼を向けた。私は彼の視線を追って展望台の小さな窓を見つめた。ナダルを出た当初、私を最も困惑させたのが、あの窓だ。いくら嗅いでも何の匂いもしない廊下、壁のあちこちについている、長く丈夫な手すり、ベッドがやっと入る小さな部屋とベッドの上に立てば手がつくほど低い天井。そのすべてに慣れないのは同じだったが、私を最も圧倒したのは、あの小さな窓、いや、もう少し正確に言えば、窓の不在だった。ナダルの窓は大きくて、開放されていた。温室が必要ないように造られてきた惑星だから、窓の外にはいつも緑の草原が果てしなく広がり、窓を開ければ暖かい風が室内を探検するみたいに回りながら吹き抜けた。私にとって窓とは、外に向かっているものだった。ナダル以外の所では、窓は外を遮断する境界であるという事実を受け入れるのに、かなりの時間を要した。

「早く終わればいいんだけど」

ぼうっと窓を見ていたユンビョルがつぶやいた。

「何かあるの」

彼が瞬きをして首を横に振り、にやっとした。

「僕は先輩ほどの愛社精神はありませんからね。さっさと終えてさっさと帰れればうれしいんです。出張は少ないほどいいし、月給は多いほどいい。わが社万歳」

普段なら、ただ聞き流したはずの言葉だ。しかしナダルが近づいているせいか、私は敢えて口を開いた。

「待っている人がいるとか」

ユンビョルが虚をつかれた表情で私を見た。

「先輩じゃなければ、怒ってますよ」

宇宙を旅行する人たちは互いの時間について、こなごなに砕けた暮らしについて尋ねない。飛翔点から飛翔点への移動は空間と時間を共に折りたたんでしまう。ユンビョルの家がどこなのか知らないが、彼がナダルで一週間滞在して何度も飛翔点を越えて帰宅するまでに、家では何カ月、ひどければ何年も過ぎている。同じベッド、机、クローゼット、古いトランクが数十年間置きっぱなしになっている、官舎の自分の部屋が思い浮かんだ。私を待つ人はいない。就職した最初の年には犬を飼った。本社は、出張する間に犬の面倒を見てくれる人を斡旋《あっせん》してくれたけれど、私の顔を最初の二十数カ月のうち十日もまともに見なかった犬は、死ぬまで私を見るたびに毛を逆立てて吠《ほ》えた。鉢植えの花でも育ててみようという思いは、水と日光がなくても半年は生きるというサボテンと共に枯れてしまった。しかしユンビョルには、まだ砕けていない思い出があるのかもしれない。謝ろうとした時、ユンビョルがまた言った。

「いや、先輩だからこそ、腹を立てるべきなのかな」

彼は空虚な笑い声を立てた。

「母が病気なんです。一週間で終わったって、家に帰ったら半年後だから、考えないようにしなきゃ。もう年が……。うん、正確にはわからないけれど、前に出張した時も、もう二度と会えないと思って覚悟を決めて出てきたのに、帰ってみると元気でした。いや、元気とは言えないか。ともかく生きてはいました。今回もそうでしょう」

「ごめん」

私がつぶやいた。ユンビョルはコーヒーを一気に流し込み、音を立ててカップを置いて立ち上がった。

「いいんですよ。時間はどうしようもないものですから。みんな同じじゃないですか。もともとそういう職業だし。ああ、一つわかった。先輩、実は気が弱いんでしょう？ それは社会生活には弱点ですね」

私は、すでに背を向けて何歩か先を歩いている彼を追いかけながら言った。

「軌道に入ったらすぐ中央システムに接続できるよう、しっかり準備しておいてね。着陸した後で抜けている所が見つかったら困るでしょ」


ナダルの空港は、ずいぶん広いように感じられる。実際にはごく初期の開拓惑星に造られた空港の標準サイズなのだが、周りに大きな建物もなく、農地に面していて視野が開けているからだ。ドアが開いた。軽く舞い上がる埃、暖かい風、果てしなく広がった田畑、低い丘陵。薄青い空の西にゆっくり沈む太陽と、東から昇り始めた月たち。ナダルの夕暮れ。私はしばし眼を閉じて大きく深呼吸をした。土や草の匂い。鼻につんと来る、かすかな堆肥の匂い。背後でユンビョルが、広さに圧倒されたように感嘆の声を上げた。私はすぐに眼を開け、記憶よりもずっと古ぼけた空港の庁舎に向かった。

すべては正常だった。人口、農地配分、耕作進行状況、苗を育て、移植し、育て、収穫し、出荷する。輪作順序も一度も間違えてはいなかった。ナス畑にトウガラシを植えたこともない。この惑星の農業は、決められたとおりきっちりと繰り返されていた。私は顔をしかめて画面をにらんだ。何の問題もないのに生産量が落ちるはずはない。私は同じように眉間にしわを寄せているユンビョルに尋ねた。

「中央システムにも問題はないと言ったよね。衛星記録とここの記録を全部対照してみたの？」

「ええ、きれいです。飛翔点衛星記録とここの空港の記録を確認したけど、何もありませんでした。内部ネットワークも本社管理者モードで接続して調べてみましたが、密輸船は来ていません。一般の旅客船も十年に一度来るかどうかというぐらいでしたが」

「それは確かなのね？」

「確かです。記録で何か見つかるなら、僕が見つけたはずです。ひょっとしたらと思って、過去十五年分の記録をすべて眼で確認しました。本当に、ただ生産量が減少したんです。人口が一万人ほど増えて、その人たちが地下に隠れて必死でサツマイモなんかを食ったのでなければね」

ユンビョルは、ちょっとプライドが傷ついたように、むくれながら答えた。

「巡察船に乗って二日間かけて惑星全体を回ってみたけど、転用した農地も、地下倉庫もありません。市長もマニュアルどおりに運営していると言うし。市長だけでなく、ここの人たちはみんなな、嘘をついているようには見えませんね」

私は初日に会ったナダルの市長を思い浮かべた。麦わら帽子のよく似合う、田舎の年寄りだった。彼は本社から監査チームが来たことに、狼狽《ろうばい》しているように見えた。私たちはナダルの天地の命じるままに最善を尽くしています。私たちが本社以外のどこに農作物を送ると言うのです。市長は私たちを耕運機に乗せて食品加工工場に案内し、私とユンビョルは警備員しかいない単純な無人工場の周囲を、ひょっとして小さな穴でも開いていないかと思って何度も回ってみた。工場の建物の陰になっている所も無駄にせず、ネギやニラを栽培していた。市長は、自分が報告書とは別に毎日手書きでつけている耕作日誌も見せてくれた。机の片隅にきれいに立てて並べられた古いノート数十冊。彼はパセリ、キュウリ、サトイモ、カボチャの担当だった。私は彼のしわのある顔から見覚えのある部分を探そうとはしなかったし、彼の仕事は天地が命じたものではなく本社の収益事業の一環だと指摘したりもしなかった。

私が市長や各部署の担当者に会って話を聞き、手書きの記録をざっと見て倉庫を一つずつ覗いている間、ユンビョルはシステム担当者から空港職員まで、ナダルでネットワークを担当している少数の人たちのすべてに会って回った。彼の部屋からは夜遅くまで明かりが漏れていた。口ではのんきそうなことを言っていても、やはり有能な男だ。ユンビョルが問題を見逃すはずはない。問題があったとしたら、私の方だろう。私は椅子にかけてあったカーディガンを取り上げ、腕を通した。

「先輩、どこか行くんですか」

「こうしてじっとしてたって答えは出そうにないから、散歩でもしようかと思って」

私はちょっとためらってから付け加えた。

「一緒に行く？」

ユンビョルは当惑したようだったが、すぐに、ふふっと笑った。

「こんなチャンスを逃してはいけませんね」

私たちは宿舎である市役所の建物を出てゆっくり歩いた。ナダルには山がないけれど、市役所から十五分ほど歩けば小高い丘がある。もとは学校の敷地だったが居住区域からはちょっと遠いために今は雑草地として、いわば公園のような用途に使われている。土地はすべて農作物を植えなければならない惑星なので、気楽に座れる草むらを探すことも容易ではない。暖かい風が吹くと、大きく育ったトウモロコシが道の両側で揺れ、かすかな音を立てた。うちはトウモロコシを作っていた。私は草取り担当だった。午前の授業が終わるとカバンを家の中に放り投げ、他のトウモロコシ農家の子供たちと一緒に畑に行って、徹底的に雑草を抜いた。機械化だの自動化だのというのも、ある程度育って取り入れが近くなってからの話で、芽を出させ苗を育てている間は、結局のところ人手が頼りなのだ。

トウモロコシの茎が子供たちの背丈より高く伸びる頃、つまりちょうど今頃になると午後にも授業が行われたけれど、私たちはよく教室を抜け出してトウモロコシ畑に隠れた。いくら広くても、何カ月も自分の手で世話をした畑で迷うことはなかった。子供の頃はかくれんぼをし、もう少し大きくなると家族に知られたくない宝物を隠した。その次には、あの子と会った。ナダルの田畑の間に流れる水路を、誰よりもよく知っていた子。ナダルの太陽を浴び、ナダルの土に種をまく人たちはたいていナダルが好きだったけれど、あの子の郷土愛は格別だった。静かで平和で生命に満ち溢れたところ。あの子はナダルをそう描写した。あの子を通じて私のナダルは、宇宙船も大学も軍隊もなく動物もいない惑星ではなく、あの子がいる場所になった。ほんのわずかな間だけ。ナダルが宇宙船も大学も軍隊もなく動物もいない、そして私とあの子が一緒にいない場所になるより前の、はるか遠い昔に。

「先輩。まだ歩くんですか」

「え?」

顔を上げると、いつの間にか丘に来ていた。私はわざわざその場所に立ち止まったみたいに、大きな木の下にぺたりと座った。ユンビョルが横に座って脚を伸ばした。

「あんなに広くて青々とした畑で生産量が予定に達しないなんて、信じられませんね」

揺れるトウモロコシをじっと見ていたユンビョルが、ふと言った。

「どこにも持ち出されていないのなら、報告どおり、収穫そのものが落ちているということだけど、いったい原因は何なのか……」

彼は語尾を濁した。

「もう五日目なのに、成果がなくて困ったね。明日にでも何か出ないと、残りの二日間で締めくくって予定どおり帰ることもできなくなる」

私が心配そうに言った。ユンビョルが首をかしげて小さく笑った。

「心配してくれてるんですか」

私は九年前、いや約四十年前と同じ場所にまっすぐ立っているトウモロコシを眺めた。

「待っている人がいるじゃない」

私たちを待っていてくれる人はめったにいないんだから。私はその言葉を呑み込んだけれど、ユンビョルにはわかったらしい。一度でも、たった一度でも宇宙を旅したことのある人ならわかる。

「大丈夫ですよ、ちょっと遅くなっても。今度の締め切りに間に合わなければ、ひと月後に来る輸送船で帰っても構いません」

「だけど……」

ニンビョルが、近くの雑草を握って抜いた。

「実はね、先輩、母は僕の顔がわからないんです。生きてはいるけど、僕を待ってはいません。ただ老人ホームで一日中寝ているだけです。ずっと前から。帰るたびに、今度はけりがついているだろうと思いました。僕にはちょっとの間だけど、母には時間がもっと速く流れるから、その方が簡単な気もして……。でもそれがそう簡単ではありませんでしたね」

小さな雑草の山ができた。ユンビョルは、手を払ってズボンにこすりつけると、立ち上がった。

「だから、本当に構わないんです。憧れの先輩とこうして二人きりになれるチャンスはめったにないんだし。まあ、さっさと片付けて自分の能力を本社に示すのもいいですけどね。先輩を凌駕《りょうが》する次世代エースとして注目されるかもしれません」

私は口だけで笑っているユンビョルを見上げた。額にぽつりと水滴が落ちた。

「何だろう」

私が手で額を拭うと、ユンビョルがあたりを見回した。

「あれ。雨ですね」

「雨？」

ユンビョルの言うとおりだ。木の下にいたから気づかなかったけれど、雨がしとしとと降っていた。木の葉に溜まった水滴が、また一つユンビョルの顔に落ちて眼尻を伝って流れた。

「帰らなきゃ」

ユンビョルが、滑り落ちるように丘を駆け下り始めた。

私はトウモロコシの間を走ってゆくユンビョルをぼんやり見ていた。

「先輩、雨が強くなる前に走って帰りましょう」

ユンビョルが振り返ってそう叫んだ。

「気象台」

「え？」

私はあわてて走り出した。湿った土の匂いが、ひんやりとした風に乗って漂ってきた。

「気象台！　犯人は気象台よ！」

私はユンビョルの肩をつかんで呼吸を整えた。ユンビョルは相変わらず戸惑ったような顔をしていた。

「お天気、今日、雨が降るとは言ってなかった。それに、さっきから寒い」

濡れたカーディガンが腕に張りついた。鳥肌が立った。

「気象台のネットワークを確認して、担当者を呼んで」

私は雨粒を蹴るようにして走った。

「先輩の言ったとおりです。天気がちょっと変ですね」

ユンビョルが画面を見ながら指さした。

「惑星全体の温度が〇・四三度も下がっています。短期の気象変動も激しくて、この赤で示された部分が、去年一年間に雨の降る日ではないのに雨が降った日で、青いのが、誤差の範囲より気温が低かった日です。雨が降った日は当然気温も下がったでしょう。空港の手書きの記録と気象衛星のバックアップ記録は同じですが、気象台が本社に提出した報告書の内容は違います。これでは作況が悪くならないわけがありません。まだ全部は調べてないけれど、少なくとも過去八年間は一貫して気温が下がっていたと思われます。システムがいっぺんに故障することはないから、十五年か、早ければ二十年前から天気の合わない日があったはずです」

「原因は?」

「一次的にはシステムの老化です。老化した気象制御システムがトラブルを起こしたんですよ。最近のシステムはこれより長持ちはしますが、初期の開拓惑星だからモデル自体が旧式のうえに、ここみたいに惑星全体が一つの気象制御システムに依存している所は多くないから、それを見越して予《あらかじ》め対策を立てることができなかったんでしょうね。でも気象台ではすぐにわかったはずなのに、どうしてすぐに補修を要請しないで記録を捏造《ねつぞう》したんでしょう。気象制御システムは百パーセント自動だから、気象台ではどうすることもできないじゃないですか。気象台は予報と事後記録のような単純作業だけをするんだから……。翌日の気温も、雨が降るかどうかもわからないで農業をするのは相当大変だったはずです。気象衛星を新しく設置してシステムをアップデートすれば何百年かは問題ないのに、こんなふうに隠蔽するなんて」

私は右下がりのグラフにつけられた、トウガラシみたいな赤い三角形の印を凝視した。

「担当者には連絡したの」

「ええ、捏造を確認してすぐに気象台長を呼び出しました。すべて発覚したから説明しに来いと言って。意外に素直でしたよ」

雨がやみ、雲が晴れた。窓を開けた。いつしかナダルのいつもの気候に戻っていた。雨に濡れた平原が、きらきら輝いていた。

「どうしてそんなことをしたんでしょうかね」

ユンビョルの声は、明らかに当惑を示していた。この五日間に会った人たちは誰も、私たちをだまそうとしているようには見えなかった。私は監査者としての直感には自信を持っているけれど、気象制御システムの故障は現地の人たちの責任ではないから、彼らが問責を恐れて隠蔽したとは考えにくい。それどころか気象制御システムの保全は、移住契約に含まれている、本社提供の福祉サービスの一つだ。私は虹色の水分を含んだトウモロコシ畑を眺めた。向こうの方から市長の耕運機が近づいてくるのが見えた。市長の横に誰かが乗っている。おそらく気象台長だろう。ガタガタという音が聞こえてきた。私は首を横に振った。

「あたしにもわからない。本人たちに聞かなきゃ」

ノックの音がした。

「お入り下さい」

市長がドアを開けた。片手に麦わら帽子を持っている。最初の日と同じように、どうしていいか戸惑っている顔だった。市長が、防御するみたいに帽子を胸に当てた。

「こんなことになって誠に申し訳ございません。気象台長を連れてきました」

そして、あの子が入ってきた。

私はもし顔を合わせても、わからないだろうと思っていた。ここでは四十年近い歳月が流れたのだ。私が記憶しているのは、エネルギーを四方に発散している十代の少女だ。九年ぶりにナダルの夕暮れを見ながら、私はあの子が生きていたとしても、それなりに年を取っているはずだと思っていた。顔にはしわができ、腰は曲がり、あごや腹にぼってりと肉がついて。野原の果てにまで響きわたっていた声も、自信たっぷりに裸足で土を踏んでいた身のこなしも消えているはずだ。だから、会ったって気づかないだろうと。

想像どおりだった。あの子はよろよろと歩いてきた。太くなった脚を動かすたび、床に杖《つえ》をつく音がした。でも、ああ、それでも、気づかないだろうと思ったのは、間違いだった。

その点では、あの子も同じだった。おそらく、あの子にとってはもっと簡単だっただろう。私は、あの子が覚えている姿とそれほど違わないはずだから。あの子は部屋に入るやいなや、私に気づいた。

「……どうして?」

しばらくしてから私が聞いた。昔と同じように。私はあの子の声が聞きたくて、いつも自分の方から先に話しかけていた。どうして嘘の報告をしたの。どうして私を引き止めないの。どうして一緒にここを出ていかないの。どうして私を愛さないの。どうして私を愛しているの。

あなたの大切なナダルのトマト畑を死の影のように覆う霧雨を見ながら、〈気温二十五度。晴〉と記入する時、あなたは何を考えていたの。

杖に身体をもたせかけたまま、幽霊に会ったように眼を見張って私を見ていたあの子が、口を開いた。

「ナダルは老化しているの。あたしのように。自然に」

ユンビョルが口を挟んだ。

「何を言ってるんですか。気象制御システムが老化しただけです。交換すれば、それで済むのに。ナダルは本社所有の食糧惑星なんです。重要な気象報告書に虚偽を記し目標量を生産しなかったのは、重大な契約違反ですよ」

天と地の命じるままに。最初の日に市長が言った言葉を思い出した。あの子の横に立っていた市長が帽子をぎゅっと握った。

「雨も雲も寒さも、すべてナダルなんです。私たちはナダルの風に従って土を耕してきただけです。生産量は……申し訳ございません」

「自然だなんて」

ユンビョルがあきれて舌打ちをした。

「ここは開拓惑星です。あの空も土も風も、最初から人工的に造られたものなんですよ。あの向こうに気象衛星があってプログラムを動かしているということです。故障です。故障。さっさと修理すべきものを放置したために、今、どれほど損害が出ているか知ってるんですか」

「でも……」

市長は眼をそらし、語尾を濁した。あの子が落ち着いて市長の言葉を締めくくった。

「でも、スジン、ナダルに訪れた秋は、とても美しかった」

私の名前を聞いたユンビョルが、後ずさりしながら息を呑んだ。私は後頭部に突き刺さるユンビョルの視線を気にしないよう努めながら尋ねた。

「今まで何をしてたの」

「母親になった」

「母親になったのね」

私はまるで母の言葉をまねる幼児のように、あの子の言葉をゆっくり繰り返した。

「他の人とつきあった。そして子供を産んだの。母親になった。また子供を産んだ。子供が子供を産んだ。そして……」

あの子が、私の背後に開け放たれた大きな窓に視線を移した。優しいけれど、私の記憶よりは少し湿っぽくひんやりとした風が、私のうなじをくすぐった。

「これが、本でしか見たことのない秋なんだな、と思ったの」


「どうするつもりですか」

ユンビョルが聞いた。私は彼らがきっちり閉めて出ていったドアを見つめていた。木の床に杖をつく音が、次第に遠ざかる。

「報告しなきゃ。ここは少なくともあと五百年は使えるんだから」

ユンビョルは、しばらく何も言わなかった。


帰りは暇だった。私たちは残りの二日間、市役所の宿舎にこもって報告書を書き、予定どおり、七日目に到着した輸送船に黙って乗った。雨はもう降らなかった。空港に見送りに来る人もいなかった。私は報告書をもう一度見直すと言って、輸送船の小さな部屋でじっと座っていた。

「先輩、忙しいですか」

来る時は食事のたびに一緒に食べようと言ったのに、ナダルを出てからはずっと自分の部屋にこもっていたユンビョルが、ドアの隙間から顔を突き出して聞いた。

「いや、大丈夫」

「まあ、たいした話じゃないんですが……。僕も官舎を申し込もうかと思って。先輩はどこに住んでるんでしたっけ」

そんなこと、互いに聞いたことも答えたこともなかったのに。

「マキエンデ第七セクター」

「じゃあ、僕もそこにします。勤続条件はありますか」

「どこなのかも知らないくせに。勤続五年以上は絶対に必要ね」

「エースが住んでいるなら、素敵な所でしょうよ。まあ、もう少し待たないといけませんね。五年の間に、ずいぶんあちこち回らないといけないだろうな。でもそれまで耐えれば、先輩と同じ町の住人になれるってことです」

一人でうなずいていたユンビョルが、すっと部屋に入ってきた。私が驚いて顔を上げると、彼が私の目の前に顔を突き出し、にやっとした。

「先輩、実は年下に迫られると弱いんでしょ？」

「何よ」

私は一瞬、しかめかけた眉を緩め、笑顔になりきれないまま不安に揺れている彼の眼を見た。

そして犬やサボテン、今も徐々に枯れているはずのナダルのサツマイモのつるやトウモロコシの茎を思いながら、ゆっくりと思い切り口角を引き上げて、笑った。

作家の言葉

これまで文章を書いたり翻訳したりしながら、二つのことを学んだ。多くの場合、読者は作家の予想を超えるということ、私の手を離れた物語は、私ではなく読者の一部になるということ。

十二年間に十五篇書き、そのすべてをここに収録した。この本に収めたすべての小説には、私の経験の断片がさまざまな形で入っている。私は慶尚南《キョンサンナム》道《ド》馬山《マサン》で生まれ育った（**「馬山沖」**）。おいしいデザートが大好きだ（**「デザート」**）。「傲慢になれば道に迷う」は、私が十三歳の時、囲碁をやっている時に実際に聞いた言葉だ（**「宇宙流」**）。脱落そのものよりも脱落についての恐怖がより大きな怪物を生み出すということを経験し（**「一度の飛行」**）、オフィステルにある個人アトリエに通ったことがあり（**「となりのヨンヒさん」**）、今は別の場所に移転した永登浦《ヨンドゥンポ》刑務所に行ったことがある（**「開花」**）。こんなふうに、私はそれぞれの作品のどの部分が〈現実の私〉から来ているのかを示すことができる。

しかしこれらの物語はすべて〈小説〉であり、こうして本になった以上、私の経験の断片ですら、もはや私のものではない。作家は言葉を大事にするほど、そして作品から遠く離れているほどいいと思う。それでも敢えて言わせていただくなら、私の文章があなたにとって慰めになることを願っている。私は誰かを慰めるものを書きたかった。

私は、とても小さな話をとてものろのろと書く人間だ。多くの方々が、こんな作家を支持して励ましてくれた。愛し尊敬する家族――両親、妹のミョン、夫のイ・ドンジン――。出版を提案し原稿を丁寧に点検してくれたチャンビ青少年出版部のイ・ジョンさん、出版をためらっていた私の背中を強く推してくれたチョ・アンナさん、私を作家にしてくれた幻想文学ウェブジン「鏡《コウル》」、刊行を待っていてくれた読者に感謝の言葉を捧げる。

チョン・ソヨン

二〇一五年秋

訳者あとがき

本書『となりのヨンヒさん』は全体が大きく二部に分かれており、一部にはそれぞれ内容の大きく異なる十一の短篇が収められている。SFらしい作品も、ファンタジーに近いものもある。二部は超巨大企業に支配される宇宙を背景にした四篇の連作だ。これらの作品は非現実的な世界を描いているようでいて、実は朝鮮戦争やその後の南北離散家族、海外養子、独裁政権下での民主化闘争といった韓国の過去が見え隠れしていたりする。また、現代的な視点からフェミニズムやLGBTを扱ったものもある。

以下、それぞれの内容を簡略に説明する（タイトル後の数字は、最初に発表された年を表わす）。

「デザート」（二〇〇三）は、人間が突然デザートに変身するという奇想天外な話を軽いタッチで描く。

武宮正樹九段の豪快な棋風を表題にした「宇宙流」（二〇〇九）では、母親は囲碁を通して娘に向かい合い、人生において大切なことを教える。宇宙飛行士に憧れ続けた少女は交通事故で一度は挫折するものの移りゆく状況に応じて努力を続け、ついに夢を実現させる。武宮正樹は著書『一生懸命ふまじめ』（毎日コミュニケーションズ、二〇〇九）の中で、状況が変われば価値観も世界観も変わるべきなのに、ずっと同じ価値観に縛られていたらその変化についていけず、「全局的な流れを見失い、自分も見失ってしまう」と述べている。主人公は冷静な棋士のように人生に対峙したわけだ。

パラレルワールドを描いた「アリスとのティータイム」（二〇一一）に登場するジェイムズ・ティプトリー・ジュニアはフェミニズムをＳＦ小説に導入した先駆者で、作者チョン・ソヨンに大きな影響を与えた。

「養子縁組」（二〇〇九）は、地球人を装ってずっと地球に暮らしてきた〈ペア人〉のうちの一人である主人公と、それを知らずに親友としてつきあってきた女性の友情を描く。

「馬山沖」（二〇〇八）は、二〇〇三年九月に超大型台風〈メミ〉（韓国語で〈蝉〉の意）が朝鮮半島南部を襲い、作者の故郷である馬山で死者十八名という甚大な被害を出した事件を下敷きにしている。海の上に死者の顔が浮かぶ〈リンボ〉が馬山沖にあり、しかもそれが観光資源になっているという設定は、妙になまなましい。

「帰宅」は書き下ろしの作品だ。幼い時に地球が戦争で壊滅的な打撃を受けて火星に避難し、火星人の家庭で育てられた少女は、顔も覚えていない姉と再会する。現実世界の朝鮮戦争でも戦禍の中で家族と離れ離れになってしまった人がたくさんいたが、家族の居場所がわかっても、南北に引き裂かれていれば再会は容易ではない。「帰宅」に描かれた面会場所のブースで〈私〉と姉を隔てるアクリル板に、小さな穴すらないように。また、韓国は戦後、海外に多くの乳幼児を養子として送り出したから母国語を忘れたまま大人になった人はたくさんいる。それ以外にも難民として祖国を離れて育った人たちは世界各地にいるだろう。

「となりのヨンヒさん」（二〇〇七）では、地球人とは根本的に異なる姿と文化を持った異星人に出会った主人公が少しずつ相手を理解し、ほのかな友情をはぐくむ。

「最初ではないことを」（二〇一〇）は、外交官になる夢を抱いて中国に留学した親友が得体の知れない伝染病にかかり、前例のない手術を受ける過程を見守った女性の話。

「雨上がり」（二〇〇七）では、似て非なる世界に迷い込んだために存在感が希薄になり、生きづらさを感じていた少女が、かつては同じ状況にいた教師によって自分の世界に戻る。

「開花」（二〇一〇）は、情報が厳しく統制される国家でインターネットに自由に接続できる〈良い世の中〉を創るべく地下活動に投身した女性の姿が、姉をまったく理解できない妹の視点から語られる。独裁政権下にあった頃の韓国だけでなく、さまざまな国で情報や言論の自由を求める若者たちの活動は、今でもよく報道されているところだ。

「跳躍」（二〇一二）は、身体も感性もサイボーグに変わってゆく人の気持ちを抒情的に描く。

二部に登場するカドゥケウス社は宇宙全体を支配している。科学が発達し高性能の宇宙船が宇宙を駆け巡っているのに、人々は会社の許可がなければ旅行も転居もできない。「引っ越し」（二〇一四）は、妹のために夢をあきらめる少年の心情を、「再会」（書き下ろし）や「一度の飛行」（二〇一二）は、宇宙の虚無を見てしまった人の恐怖を描く。「秋風」（二〇一一）では、気候までもカドゥケウス社に管理される惑星で農業をする人々が〈自然〉に憧れ、ささやかな反抗を試みる。

作者は学生時代からＳＦ小説の翻訳や創作を手がけ、二〇一七年には仲間と共に〈韓国ＳＦ作家連帯〉を設立し、初代代表を務めた。現在は、弁護士として弱者の人権を守る活動もしている。彼女は高校生の時、馬山からソウル郊外にある一山《イルサン》ニュータウンに引っ越し、優秀な生徒たちが成績を競う進学校に転校したのだが、そこで初めて受けたテストの点数が飛び抜けて良かったために級友から無視されるという経験をしたそうだ。本書にも、早い時期に〈自分の世界〉から切り離され、不安な気持ちを抱いて生きる人物がよく登場する（「養子縁組」「馬山沖」「帰宅」「雨上がり」「秋風」）。登場人物の移動距離は、とてつもなく長かったりはするけれど。ヨンヒさんのように異質な文化を持つ人たちとの相互理解や共存も、作者が扱う重要なテーマの一つだし、同性を愛する人の悩みや葛藤を描いた作品も少なくない。

作家チョン・ソヨンにとってＳＦ小説とは、現実を巨大な比喩の中に置いて問題を見つめ直すための装置であるらしい。すなわちこれらの作品群は、科学的知識や人類の壮大な未来を描くために書かれたのではなく、自分の居場所を見つけられないまま一生懸命生きている現代の人たちに向けて作者が送った、ひそやかな共感のメッセージなのだ。

二〇一九年十二月

吉川凪

チョン・ソヨン（鄭昭延）

ソウル大学で社会福祉学と哲学を専攻。大学在学中、ストーリーを担当したマンガ「宇宙流」が2005年の〈科学技術創作文芸〉公募で佳作を受賞し、作家としてのスタートを切った。

小説執筆と併行して英米のフェミニズムSF小説などの翻訳も手がけている。2017年には他の作家とともに〈韓国SF作家連帯〉を設立し、初代代表に就任した。

また、社会的弱者の人権を守る弁護士としても活動中。

吉川凪（よしかわ・なぎ）

大阪市生まれ。新聞社勤務を経て韓国に留学し、仁荷大学国文科大学院で韓国近代文学を専攻。文学博士。

キム・ヨンハ『殺人者の記憶法』（クオン）の翻訳で、第4回日本翻訳大賞を受賞した。

著書に『京城のダダ、東京のダダ——高漢容と仲間たち』（平凡社）など、訳書にチョン・セラン『アンダー、サンダー、テンダー』、崔仁勲『広場』（以上クオン）など多数。

装画：ぬQ ／ ブックデザイン：森敬太（合同会社 飛ぶ教室）

となりのヨンヒさん

二〇一九年一二月二〇日　第一刷発行

著　者　チョン・ソヨン
訳　者　吉《よし》川《かわ》　凪《なぎ》
発行者　徳永　真
発行所　株式会社集英社
〒一〇一-八〇五〇
東京都千代田区一ツ橋二-五-一〇
電話　〇三-三二三〇-六一〇〇（編集部）
〇三-三二三〇-六〇八〇（読者係）
〇三-三二三〇-六三九三（販売部）書店専用
印刷所　凸版印刷株式会社
製本所　ナショナル製本協同組合

This book is published with the support of
the Literature Translation Institute of Korea (LTI Korea).

Japanese translation ©2019 Nagi Yoshikawa, Printed in Japan ISBN978-4-08-773503-1 C0097